COLL

Philippe Labro

Rendez-vous
au Colorado

Gallimard

Philippe Labro, né à Montauban, part à dix-huit ans pour l'Amérique. Étudiant en Virginie, il voyage à travers tous les États-Unis. À son retour, il devient reporter à Europe n° 1 puis à *France soir*. Il fait son service militaire de 1960 à 1962, pendant la guerre d'Algérie. Il reprend ensuite ses activités de journaliste (R.T.L., *Paris-Match*, TF1 et A2) en même temps qu'il écrit et réalise sept longs-métrages de cinéma. En 1985, il est nommé directeur général des programmes de R.T.L., et en 1992, vice-président de cette station.

Il a publié chez Gallimard *Un Américain peu tranquille* (1960), *Des feux mal éteints* (1967), *Des bateaux dans la nuit* (1982). En 1986, *L'étudiant étranger* lui vaut le prix Interallié. En 1988, *Un été dans l'Ouest* obtient le prix Gutenberg des lecteurs.

Après *Le petit garçon*, en 1991, Philippe Labro publie *Quinze ans* en 1993, puis, en 1994, *Un début à Paris,* qui complète le cycle de ses cinq romans d'apprentissage.

En 1996, paraît *La traversée,* un témoignage qui connaît un succès considérable, suivi en 1997 par *Rendez-vous au Colorado*.

En 1999, Philippe Labro fait parler *Manuella*.

Pour Ralph et Ricky.

Il ne faut jamais avoir peur d'aller trop loin, car la vérité est au-delà.

Marcel Proust

PROLOGUE

Ça commence par le visage aux traits encore flous d'une jeune femme dont les cheveux, couleur blond-roux, sont tirés en chignon. L'image semble sortir de la brume.

On ne distingue pas, dans ce visage, le contour exact des lèvres, mais on remarque vite qu'elle a la peau grêlée, particulièrement sur les deux joues. Le front aussi, sur toute sa largeur. On dirait que des myriades de grains de sable ont été soufflés par le vent sur la surface d'une pâte vierge, et puis on a peint la pâte, et les grains y sont restés figés pour toujours.

Vous auriez pu la trouver sinon jolie, du moins d'allure avenante, si votre attention ne s'était arrêtée sur ce visage grêlé et si la notion de laideur ne surgissait pas alors, sournoise, injuste. Car la jeune femme se voit sans cesse dans le regard des autres, elle voit dans les yeux des femmes autant que des hommes qu'ils ne la jugent pas belle, et au bord de ses lèvres — maintenant bien définies — est venue s'inscrire la petite ride en forme de barre verticale de l'insatisfaction. C'est un fait de la vie, cruel pour ceux qui en sont les victimes, il suffit parfois d'une irrégularité pour qu'une promesse de beauté se transforme en amertume, et c'est ce que l'on peut lire sur le visage grêlé de la jeune femme, lorsqu'elle se déplace pour servir les autres.

Oui, c'est bien cela, c'est une serveuse. Elle en a les gestes, le rythme dans le mouvement, et cette courbure dans le dos et autour des épaules indique qu'elle a admis aussi ce destin — celui de servir. Nous ignorons si son existence n'aurait pas pris une autre tournure sans ce stigmate, et si ce n'est pas ce qui l'a, entre mille autres petits renoncements, amenée vers l'accomplissement quotidien des gestes de servitude : prendre et passer la commande, porter et remporter les plats, demander l'addition et la présenter, encaisser, nettoyer la table, recommencer. Et sourire.

Car elle sourit bien, sans artifice, et son sourire pourrait même faire oublier le reste et, là encore, nous ignorons quelle force intérieure lui a permis de conserver le don du sourire, qui n'est pas éloigné du don de l'amour. Nous l'ignorons pour l'heure.

Puisque nous ne connaissons rien de cette jeune femme, sauf cette image sortie de la brume. Mais nous savons au moins ceci : nous allons la revoir.

PREMIÈRE PARTIE

LE RANCH

1

L'oiseau et les couleurs

J'ai entendu un frottement contre la vitre. Un tout petit oiseau gris-marron, au ventre beige et blanc, était venu se poser sur le rebord en bois de la fenêtre et il m'a semblé qu'il frappait du bec avec insistance contre la vitre, comme pour entrer. Il avait l'air déterminé.

— Que veux-tu? lui ai-je demandé.

C'était une question idiote. Mais les écrivains, lorsqu'ils sont penchés sur leur table de travail et qu'ils sont seuls, parlent parfois tout haut et posent des questions idiotes. Si l'oiseau tapait ainsi au carreau, c'était précisément parce qu'il voulait entrer. On ne frappe pas comme ça, par hasard, aux vitres des maisons occupées par des humains. Quand on le fait, il y a une raison. J'ai donc abandonné ma chaise, contourné la planche de bois posée sur des tréteaux qui me servait de bureau provisoire, j'ai ouvert la fenêtre à l'oiseau. En toute logique, à peine me suis-je approché de lui, il aurait dû s'écarter d'un seul coup d'aile. Il n'en a rien été, il a calmement frôlé mon corps et est venu se poser sans hésiter sur une table basse en verre et en acier au centre de la pièce. J'étais heureux, pas du tout embarrassé, car les oiseaux n'embarrassent personne, et aucun d'entre eux ne m'intimide. Il faut dire que je suis hanté par les oiseaux.

Il faut dire que je suis hanté par les arbres, les rivières, les oiseaux. Par ce qui bouge, ce qui se meut, ce qui est immuable et ce qui est éphémère. Les oiseaux sont aussi éphémères que le flot de la rivière est continu et éternel, et entre ces deux extrêmes — ce qui vole pour un temps infiniment court et ce qui coule pour un temps infiniment long —, entre ces deux ordres en marche se dresse l'arbre, qui s'élève vers le ciel, tendant son corps pour poindre en direction de l'infini, perçant l'horizon de sa forme verticale.

Il y a une grande différence entre un oiseau qui surgit chez vous de façon fortuite et celui qui a délibérément choisi de venir vous rendre visite.

Observez un oiseau qui s'est égaré accidentellement dans une habitation. Frénésie. Il s'agite, il rebondit de mur en mur, il fait des

22

cercles désordonnés. Il a failli renverser la lampe, il se heurte aux rideaux, il a perdu ses repères et son effarouchement furtif devient bruyant, assourdissant, au point de fabriquer de l'angoisse autour de lui. Sa peur se transmet à nous et nous n'avons plus d'autre objectif que de le raccompagner vers l'espace extérieur. Nous redoutons qu'il ne se blesse, nous sentons qu'il ne vit plus sa vie et qu'elle pourrait lui manquer, puisque la liberté, c'est la vie. Il finit par s'échapper. Nous sommes soulagés, même s'il n'est pas sûr que nous l'ayons vraiment aidé. Il a senti l'appel d'air, quelque chose d'immatériel, subtil et impalpable l'a aspiré vers son élément primordial. Il peut voler à nouveau. Il peut vivre. Le calme est revenu, le sien comme le nôtre. Nous avons éloigné la mort.

Mon oiseau n'était pas affolé. Ses deux pattes aux membranes quasi transparentes, fermement posées sur le verre, il est demeuré droit pendant quelques instants. Je suivais l'imperceptible va-et-vient de son petit œil noir et fixe, cet œil qui ne voit pas les couleurs.

J'ai appris cela récemment : les oiseaux ne voient pas les couleurs, j'en ai été chagriné, et je n'ai pas voulu en savoir plus sur cette information scientifique triste et plate — aussi l'oublierons-nous vite, d'autant qu'elle n'a aucune influence sur mon histoire. L'information ne se limitait pas aux oiseaux. Il m'est revenu qu'aucun animal ne voit les couleurs comme nous pouvons le faire, nous les humains. J'ai trouvé cela encore plus désolant. L'idée que l'ocelot ne voit pas l'émeraude de la jungle et que le dauphin ne voit pas le cristal de la mer, et que le lièvre ne voit pas le bistre des maquis, a de quoi accabler quiconque aime la vie et croit qu'il y a de la poésie en toute chose. Est-il quelque chose de moins poétique qu'une vision de la nature sans ses couleurs ? J'ai préféré ne pas accepter la vérité de la science et m'en tenir à celle de la poésie. Les évidences de la science, je les ai apprises avec un retard inouï. C'est dire combien je reste ignorant, combien certains jours je me fustige d'avoir été un lycéen paresseux, un étudiant velléitaire, un lecteur sporadique et d'avoir trop souvent fait confiance à ma facilité, n'avoir pas fouillé le fond des choses, ni exercé de façon disciplinée une méthode d'étude. J'en suis donc resté à la poésie, à sa vérité plutôt qu'à celle de la science, et j'ai préféré affirmer ceci : le léopard voit du vert, la baleine voit du bleu, l'aigle voit de l'or.

Toujours juché dans sa position d'attente, mon oiseau voyait le blanc cassé du drap qui recouvrait le canapé face à la table de verre. Aux fragiles palpitations de sa menue existence, qu'on sentait sourdre sous les plumes protégeant l'ovale dodu de son bas-ventre, j'ai deviné qu'il s'apprêtait à me quitter. Il avait fait son œuvre, il était temps de repartir. Quelle œuvre? Je l'ignorais, mais il pivota quelques secondes après que j'eus pressenti qu'il allait déguerpir. D'un seul trait, comme la ligne droite d'un pur dessin, il prit son envol, débouchant par la fenêtre ouverte, minuscule et merveilleuse fusée naturelle, missile de la nature, se propulsant de toute son énergie vers l'inconnu.

— Où t'en vas-tu, ai-je murmuré. Et qu'étais-tu donc venu me dire?

Les oiseaux ne se retournent pas pour vous répondre. Ils laissent leur message, salut, à vous de le déchiffrer. Il ne m'a pas fallu longtemps pour comprendre ce qu'était venu apporter l'oiseau au ventre beige : une invitation à un pèlerinage. Un rendez-vous.

2

Des images sur un mur

J'ai encore quelques difficultés à me détacher de l'hôpital.

Il y a pourtant maintenant trois bonnes années que j'en suis sorti. Lorsque j'y retourne pour procéder à des contrôles, je me sens pénétrer dans un deuxième univers, tout aussi familier que l'autre. Comme si je naviguais dans deux mondes. Celui de tous les jours, femme, enfants, amis et travail, et l'autre, celui où j'ai connu le frôlement de la mort, plongé dans un tunnel noir, baigné dans une lumière quasi divine, rencontré les «morts de ma vie» et fréquenté une infirmière, Karen, qui n'existait pas.

Certes, les deux mondes se juxtaposent et entremêlent leurs images. Ainsi, au travail, il est rare qu'une journée s'écoule sans que je pense, au moins une fois, à ce qu'a été ma «traversée». Il est rare qu'une rencontre, une conversation, l'échange d'un regard, le spectacle de la société ne me renvoient pas instinctivement aux leçons que, dans la position horizontale, sur un lit nu, dans des pièces quasi vides, j'avais reçues et que tout malade, tout patient ne peut oublier : aime, écoute, comprends, pardonne, observe, maîtrise ta vanité et ton impatience, détruis le négatif, compare, fais la part, aide — et vis, surtout, vis ! Mais si les images et l'univers de l'hôpital reviennent régulièrement dans le monde familier où j'évolue, en revanche, à peine ai-je franchi la porte d'entrée de la rue Saint-Jacques, j'oublie tout et ne pense qu'à regarder. Peut-être à chercher.

Que cherchais-je que je n'avais pas trouvé ?

Au moins deux réponses à deux questions. La première : Qui était, qui est Karen, d'où venait-elle ? Deuxième question : Les sapins bleus du Colorado ressemblent-ils à ceux de mes rêves ? Karen, c'est cette infirmière de nuit qui me faisait si peur en réanimation, semblait belle et différente, dont on m'apprit plus tard qu'elle ne figurait sur aucun registre — elle n'avait été qu'une hallucination. Les sapins bleus du Colorado, ce sont ces beaux paysages qui défilaient dans mon cerveau en désordre, dont la vision m'aida peut-être à résister à la mort quand je me trouvais dans le coma, en réanimation. Dans cet hôpital où je reviens, de plus en plus irrégulièrement, et qui m'attire encore, me séduit presque.

Séduisant, l'hôpital ? Allons ! Tu dis cela parce que tu es privilégié, tu en es sorti en bon état, tu as été guéri ! Tu sais bien, tu sais parfaitement que l'hôpital est un lieu de douleur et de souffrance, d'inquiétude et de chagrin. Alors que tu descends vivement les marches de l'escalier intérieur qui mène au bureau en sous-sol du professeur D., tu es conscient qu'en ce même instant, aux quatre coins des grands pavillons, aux multiples étages des différents services, des êtres humains subissent, ont peur, ne savent pas et ne savent plus. Ceux qui les aiment et les entourent souffrent peut-être encore plus qu'eux. Mais cette conscience de la douleur des autres, cette perception que, dans le grand paquebot dont tu arpentes les coursives et dont tu connais toutes les soutes, chaque corps et chaque âme est aux prises avec sa propre tempête, sa propre détresse, ne t'empêche pas, cependant, d'éprouver une sorte d'allégresse. Car c'est ici que tu as connu le pire, peut-être, mais certainement le meilleur que l'on ait pu t'offrir — c'est-à-dire que tu t'y es mis à aimer la vie comme tu ne l'aimais peut-être pas auparavant.

Mon itinéraire ne varie pas : je traverse le jardinet qui fait face à la porte d'entrée, je longe le bâtiment au premier étage duquel se trouve la chambre 29 et, à chaque fois, je lève le nez vers la modeste fenêtre d'angle et je me dis :

— C'est là que tu as pleuré de joie devant la beauté d'un ciel de juin. C'est là que tu es né une deuxième fois et que tu as aisément admis qu'il pouvait y avoir une puissance autre. C'est là que tu as mieux compris la valeur de tout amour.

Un peu plus loin, de l'autre côté du même bâtiment, il y a le service de réanimation. J'associe cet endroit à tant de désordres. Tant d'images surgissent spontanément. Les murs me parlent, les pierres et les fenêtres ne sont plus des murs, des pierres ou des fenêtres comme les autres. Le curieux phénomène se répète, imparablement. Je vois, ou je crois voir, projeté sur l'écran de ces pierres et de ces murs, le film des sapins de la forêt Uncompahgre, vision qui m'obséda et me soutint pendant le combat contre la maladie, la douleur et la mort.

Ces sapins sont irréels. Ils appartiennent au passé, au temps disparu, celui d'un été d'une jeunesse dans l'Ouest. Alors je m'interroge. Les ai-je rêvés plus que vécus? Sont-ils, dans la réalité, aussi magiques et miraculeux que lorsqu'ils se déroulaient tel un tapis de velours, lorsqu'ils flottaient comme un océan bleu dans mon cerveau déstabilisé? Comment pourraient-ils être aussi beaux? Comment la réalité pourrait-elle être plus belle que le rêve? Question clé.

Si je n'en ai pas tout à fait fini avec l'hôpital,

c'est aussi que je n'en ai pas encore fini avec la « traversée » et que, depuis la parution de ce récit, les lettres que j'ai reçues ont prolongé, densifié, transformé sans doute l'expérience. De belles lettres d'hommes, de jeunes filles et de femmes — surtout des lettres de femmes blessées par la vie, les épreuves, des femmes qui parlent de leurs enfants perdus, leurs hommes disparus, leur propre lutte contre la mort :

« Je vous ai accompagné dans votre détresse et j'ai l'impression de vous connaître depuis lors et que vous êtes forcément mon ami. Je voudrais connaître la suite de cette histoire. Maintenant que vous voilà hors de danger, emporté de nouveau par le tourbillon de la vie, que vous reste-t-il de cet extraordinaire bouleversement intime ? »

Peut-être est-ce pour répondre à Mme L. B. — et à toutes les autres — que j'ai, au moment où l'oiseau venait frapper à ma fenêtre, repris ma plume. Mon désir est sincère, sinon naïf. Prendre le lecteur ou la lectrice par la main, et l'emmener, je n'ai pas toujours su où : « Pour aller où tu ne sais pas, tu dois prendre le chemin que tu ne connais pas », a dit saint Jean de la Croix.

Je ne connaissais pas encore le chemin de ce nouveau récit et il a fallu l'invitation reçue quelques jours après le passage d'un oiseau pour qu'il me soit clairement indiqué.

3

Une invitation inattendue

On peut considérer que le monde est unidi-
mensionnel, rationnel, construit sur des certi-
tudes. On peut considérer qu'il est, au contraire,
peuplé de mystères et d'inconnues, que chaque
objet, chaque circonstance doit être interprété
comme un signe.

On peut considérer que les mots, les noms ont
un sens autre que celui qu'on leur attribue.
Lorsque le contremaître du West Beaver Camp,
où je gagnais ma vie, un lointain été dans le
Colorado, avait tenté de me faire partager sa
vision de l'univers, il avait cité la fameuse phrase
du chef indien Seattle : « *All things are connected.* »
Toutes choses et tous êtres, tous objets et toutes
créatures sont liés. Je me souviens encore de lui,
quelques secondes avant que nous nous quit-
tions pour ne plus jamais nous revoir, alors que
je m'apprêtais à monter dans le bus Greyhound
qui me ramènerait vers la civilisation, les villes

de l'Est et mon université. Il avait lâché la phrase sans solennité en guise d'adieu : « Toutes choses sont liées. »

On sait que la phrase légendaire du chef indien Seattle faisait partie d'un discours par lequel il prévenait l'homme blanc que celui-ci était en train de détruire la terre. Mais ces quelques mots sont devenus passe-partout et mon contremaître, qui m'avait initié à la forêt, les utilisait dans un sens plus large.

Je reparle encore du Colorado... Il y a quarante ans de cela et je n'y suis jamais retourné, et j'évoque encore ce pays bleu qui, de façon fantasmagorique, soulageait mes nuits d'hôpital. Si l'on doit admettre, comme le contremaître du camp, que toutes choses sont liées, et qu'il y a un signe derrière chaque événement — si futile soit-il —, il ne me déplaît pas d'accepter l'idée que l'oiseau, apparition gracieuse et fragile, précaire visiteur dans une journée ordinaire, alors que je penchais le nez sur ma page vide, était un signal annonciateur. Deux jours plus tard, en effet, et un jour après ma visite trimestrielle à Cochin, et la vision des murs qui me renvoyaient les images du pays bleu, je recevais une invitation inattendue. Elle venait d'un ami américain : pour quelques jours, les derniers du mois d'août, dans son ranch, dans le Colorado.

Balzac a écrit : « Le hasard est le plus grand

romancier du monde. » Jolie définition qui se rapproche de celle de Nietzsche : « Le plus ancien Dieu du monde s'appelle le hasard », mais les deux formules, pour si agréables qu'elles soient, ne conviennent pas entièrement. Qu'est-ce que cela veut dire, le hasard ? Faute de pouvoir mieux définir cet élément dont nous avons tous le sentiment que nous ne le contrôlons pas, mais qu'en revanche il nous influence, les hommes sont allés chercher ce mot. Je n'y crois guère. Je crois plutôt à un entrecroisement d'événements, certains ont des causes trop complexes pour qu'on puisse les définir, et c'est seulement à la fin d'un épisode ou d'une vie que ce que les hommes ont appelé le hasard peut apparaître comme un tout.

Je suis rentré chez moi, j'ai fouillé dans mes vieux papiers, vieilles photos, cartons poussiéreux, plongé dans les reliques de ma jeunesse américaine. J'ai retrouvé une carte datant de l'année 54, 55. Comme l'enfant qui consulte la carte de l'île au Trésor, j'ai suivi avec le doigt les noms, les lieux, les routes, les rivières. Et j'ai vite découvert ce qui m'a semblé à la fois une surprise, mais aussi une évidence attendue, et la négation du hasard : le ranch où nous étions invités se trouvait dans le comté de Ouray, situé à quelques dizaines de kilomètres seulement d'un autre comté, celui de Montrose, dans lequel se trouve la forêt Uncompahgre. Cette forêt qui avait joué un si grand rôle dans ma vie, dont je ne savais plus aujourd'hui quelle part de mythe, de rêve, de fiction, de déformation romanesque, d'altération de la mémoire avait fait d'elle un pays inaccessible, qui m'avait aidé à tenir le coup face à l'épreuve de la maladie, mais dont rien ne me disait que je le retrouverais un jour.

Le rendez-vous qui m'était donné au Colorado apporterait-il quelques réponses à mes interrogations ? Il ne m'a pas fallu plus d'une minute pour accepter l'invitation et me préparer à partir vers la forêt.

4

La mélancolie du pays indien

Me voici au-dessus de l'Ouest. Le voyage s'amorce, le rendez-vous a commencé.

— Ah! Vous allez à Ouray?

On dirait que ce nom, chez ceux à qui je fais part de ma destination, suscite une flamme de curiosité, accompagnée d'un autre indéfinissable sentiment. Comme si l'Histoire, celle qui entoure le comté de Ouray, provoquait pour ceux qui connaissent la région des réactions mélangées. L'Histoire n'est pas seulement folle, bruyante et tragique. Il peut arriver qu'elle soit mélancolique.

Ouray se prononce « i-o-u-r-é ». C'est un nom indien, celui d'un chef de la tribu Ute, qui fut l'une des plus formidables tribus de tout l'Ouest, il y a plus de cent cinquante ans. Les Utes contrôlaient les montagnes, les chaînes du sud-ouest du Colorado, tandis que les Apaches et les Cheyennes régnaient sur les plaines. Il y avait de nombreuses bandes de Utes. L'une d'entre elles

35

s'appelait l'Uncompahgre, et c'est son nom qui a été attribué à la forêt, ma forêt, mon objectif, mon rendez-vous. Le chef suprême était donc Ouray, un homme sage, respecté, intelligent, et qui comprit qu'il eût été pure folie que de croire que l'on pouvait s'opposer longtemps à l'invasion et à la puissance de l'homme blanc. Ouray avait un sens politique. Au contraire d'autres chefs d'autres tribus enfermés dans leur orgueil, Ouray, comme tout bon politique, choisit de négocier. Mais les Blancs ne se contentèrent pas de pactiser. Plus un envahisseur envahit, plus il en réclame, il en redemande.

Les Blancs avaient une idée folle : ils voulurent changer les Utes. Ils voulurent en faire d'autres hommes. Les Utes étaient des chasseurs et les Blancs décidèrent qu'ils deviendraient des fermiers. On ne transforme pas comme cela un peuple, ou alors on le mène à la destruction. Ainsi en fut-il des Utes qui, au bout de quelques années de résistance, puis de massacres, furent déportés vers les réserves de l'Utah, tandis que le sage, le négociateur, l'intelligent et responsable Ouray qui s'imaginait que l'on pouvait négocier avec les Blancs mourait, ironiquement, un mois à peine avant que fussent signés les papiers condamnant son peuple au bagne. Car l'expression « réserve indienne » est pudique, modeste, hypocrite. Ces hommes et ces femmes, fiers et beaux, ont été bannis de leurs propres terres. On les a aliénés. Ils ont fini au bagne.

Ils croyaient que le monde est un cercle, que tout est cercle, tout est cycle, et ils s'identifiaient avec l'univers.

> Terre, rocher, arbre,
> Et toi jour, et toi nuit,
> Vous me voyez en unisson avec le monde,

disaient-ils dans leurs chants.

S'identifier à l'univers peut procurer à certains hommes une surprenante facilité à mourir. Sans doute les Utes sont-ils morts facilement, mais leur histoire reste mélancolique.

Et cette mélancolie flotte encore dans les nuages au-dessus de tout le sud-ouest du Colorado, même si elle est formidablement compensée par un sentiment plus stimulant, plus fort et qui efface ladite mélancolie — celui, précisément, de l'unisson avec le monde. Les Utes ne sont plus là, nulle part ou si peu, et cependant ils sont partout. Lorsqu'il a écrit ces quelques vers, Santos-Montané pensait-il à la tribu de Ouray et à ses chasseurs perdus :

> Lorsqu'un nuage passera au-dessus de vous,
> Vous direz : c'est lui.
> Vous devrez toujours vous souvenir de moi,

Je serai toujours au-dessus de vous
J'entendrai chacune de vos questions.

Peut-être notre avion a-t-il traversé le nuage dont parlait Santos-Montané. J'avais oublié ces textes, ces phrases, et j'avais même oublié leur auteur : Santos-Montané… Or, à mesure que nous approchons de Denver, première étape de mon retour à la forêt, tout revient comme les fleurs percent sous la neige, avant mars. Le paradoxe, le choc, c'est que, pour atteindre Ouray, l'escale de Denver soit celle d'un décor d'anticipation, une préfiguration du monde de demain.

Afin de parvenir là où n'est tracé aucun sentier, où aucun artifice, aucun progrès, pas plus qu'aucune régression n'a pu pénétrer, il va m'être donné de voir à quoi pourrait ressembler l'avenir. Pour retrouver la forêt, passer par le béton, acier, verre et alu. Pour retrouver la nature, passer par son contraire — l'artifice. Pour retrouver le passé, faire un saut dans le futur.

5

L'humanité en pyjama

«Ils ont bâti ça pour dans cinquante ans.»
Quand il y aura encore plus d'avions, qu'ils
seront encore plus gros, encore plus chargés
d'encore plus de passagers. Quand l'espace et le
temps auront plus changé qu'ils ne changent
déjà.

L'aérogare et l'aéroport forment un gigantesque agglomérat au milieu d'un plateau-
prairie, entre les grandes chaînes de montagne
et la grande ville, Denver elle-même, loin de là,
en contrebas. Les proportions de l'aéroport, qui
a coûté une fortune et qui, pour l'instant, ne
rapporte qu'un peu plus de dettes, ne sont com-
parables à aucun autre lieu de ce type. C'est une
ville sous cloche, dépourvue de cœur, dépourvue de rues. Vous ne vous déplacez plus à pied
dans les immenses terminaux mais en mini-
métros automatisés, toutes les indications étant
données par des voix sans accent à travers des

baffles invisibles. Aires de croisement, escalators, colonnades et voûtes, signalétiques impeccables, centres d'achats, de repos, d'alimentation, chacun de la taille d'un petit stade, vastes volumes dans lesquels la foule est perdue. Il n'y a plus de foule. Car la dimension de l'endroit réduit les groupes, les files d'attente. Les corps et les gestes se conforment à cette nouvelle génération d'aérogares — ni agressivité, ni anxiété, ni pression. Tout roule doucement, à un rythme docile, celui d'une humanité vêtue et chaussée de vêtements de sport, un peu comme si elle vivait en pyjama et en pantoufles, et qui glisse d'un hall à un autre, et son bruit, sa chaleur et sa vie sont aspirés et atténués par l'ampleur du décor, trop grand pour être laid, trop impersonnel pour être beau.

« Ils ont bâti ça pour quand les avions auront la forme et la destination des navettes spatiales, pour aller ailleurs qu'autour de la Terre. » L'ensemble fait penser à une station interstellaire qui serait posée dans la galaxie, un relais de voyage vers d'autres planètes, d'autres systèmes. Vers les étoiles mortes, celles qui n'ont pas d'arbres.

On ressort du nouvel aéroport de Denver avec l'envie encore plus violente d'aller vers la forêt, d'aller chercher des couleurs, retrouver le vert qui est bleu.

6

Le chercheur de bleu

Il avait toujours aimé l'expression « chercheur d'or ». Elle rappelait les récits lus pendant l'enfance, ceux de Jack London, Fenimore Cooper, James Oliver Curwood, leurs vies et leurs personnages. Les aventuriers, dont le souvenir, après celui des Indiens, hante encore les petites villes avoisinantes du pays qu'il allait redécouvrir : Rico, qui veut dire riche ; Ophir, nom d'un pays biblique regorgeant d'or ; Telluride, d'après le tellurium, minéral que l'on trouve combiné à l'or. Pendant trente ans, dans tout ce pays, il y a plus d'un siècle, ils furent plus de cent mille prospecteurs qui cherchaient, cherchaient le métal magique. La folie, la ruée, la violence. Aujourd'hui, leurs fantômes rejoignent ceux des Indiens Utes massacrés.

Cette terre est comme habitée par des ombres. On dirait que le sud-ouest du Colorado a été le théâtre d'une constante quête. Il y eut d'abord la recherche de la fourrure de castor, puis celle du bison et puis l'or. Et à chaque fois qu'une ressource s'épuisait, une autre apparaissait. Et la recherche avançait, laissant derrière elle l'ombre immense des aventuriers disparus. Mais n'est-ce pas le propre de l'existence? Quand ils ne sont pas chercheurs d'or, de fortune, de puissance, les hommes poursuivent quelque chose d'autre, plus difficile à définir, plus grandiose ou plus simple, c'est selon. L'or, la fourrure de castor ou la peau de bison, comme hier le pétrole et comme demain Mars ou Jupiter, ne sont que prétextes. Qui ne cherche pas ne vit pas. Le chemin est plus important que le but. Santos-Montané l'a dit : «Tu ne réussiras ta vie que si elle est guidée par une recherche personnelle.»

Pour moi, maintenant, alors que le pick-up conduit par Larry Luke, le métayer, m'emmène enfin au ranch dans le comté de Ouray, au pied des forêts et montagnes, j'ose m'intituler «chercheur de bleu».

Chercheur de bleu, la belle expression. N'es-tu donc que cela, petit homme, et n'as-tu, toute ta vie, couru après cette couleur, c'est-à-dire cette sérénité et ce refuge? Le bleu, tu l'as rencontré sous beaucoup de latitudes, en chaque endroit et chaque moment de ton activité incessante. Mais n'es-tu pas aussi, comme tout autre homme, chercheur de Dieu? Le bleu, n'est-ce pas le salut, le ciel dont tu rêves, l'au-delà ? N'est-ce pas la couleur du surnaturel ? « L'ambition du divin est en chacun de nous. » C'est aussi dans les écrits de Santos-Montané.

7

Le poète inconnu

Qui est Santos-Montané?

Il a suffi que mon avion approche et survole l'Ouest, puis qu'il atterrisse à Montrose, dernière escale après Denver pour atteindre le comté de Ouray, pour que ce nom mystérieux réapparaisse déjà par deux fois.

Ce qui me séduit chez Santos-Montané, c'est que personne ne connaît son identité. A-t-il seulement existé? Il a rôdé dans toute la région des Quatre-Coins, unique endroit du territoire américain où se rejoignent quatre frontières d'État. Il y a longtemps de cela, ses poèmes, ses aphorismes ont subrepticement pénétré l'inconscient collectif des gens de cette partie du sud-ouest du Colorado.

Les quelques écrits de Santos-Montané étaient irrégulièrement publiés dans une minuscule revue, à tirage confidentiel, qui semblait imprimée sur une presse à bras et diffusée par un imprimeur amateur, et je crois me souvenir que le siège social de cette gazette se situait à Creede. Je vous reparlerai plus tard de Creede. Ce n'étaient pas à proprement parler des écrits, plutôt des fragments, des petits bouts, des articulets, au détour d'une page, dans un encadré, entre deux petites annonces ou à la fin d'un bulletin météo. Entre une publicité pour Western Clothes ou Burma Shave, ou en dessous du tableau qui annonçait le calendrier des rodéos, on pouvait lire, en italiques, quelques lignes, comme on en voit dans les almanachs, des dictons, des courts poèmes, du format des haïkus japonais :

Le roc vit autant que l'aigle.
Il ne vole pas, mais lui aussi, il vit.
Tout est vie.

ou bien :

Dans la plus grande obscurité, tu pourras toujours trouver de la lumière.

ou bien :

Qui peut définir le bruit que fait un arbre lorsqu'il tombe dans une forêt sans la présence des hommes ? Et à qui est destiné ce bruit ?

Et dessous, simplement, la signature du poète sans visage, Santos-Montané.

À l'époque, on pouvait tomber sur un exemplaire froissé de la revue quand on s'allongeait sur les bancs de bois des halls des gares routières, où nous somnolions en attendant les cars gris marqués du grand lévrier quand nous en avions assez de faire du stop. Je les trouvais aussi dans les ateliers des mécaniciens, dans les garages ou dans les décharges de voitures cabossées, quand j'allais dénicher, à mes heures perdues, des vieilles plaques d'immatriculation pour en faire collection. J'ignore qui pouvait lire cette gazette, mais j'avais remarqué que le patronyme de Santos-Montané revenait dans les propos des commerçants — des tenanciers, des dames à lunettes roses installées derrière leur comptoir de confiserie ou de mercerie. L'expression « comme dirait Santos-Montané » précédait ou concluait une phrase, une conversation, si courte eût-elle été. Par le simple phénomène du bouche à oreille, les « paroles » du poète inconnu semblaient s'être propagées pour servir de « sagesse de la région », car je n'ai pas entendu prononcer ce nom ailleurs que dans les petites villes, les bourgades battues par le vent et la poussière, les hameaux perdus du périmètre de la partie la plus méridionale du sud-ouest du Colorado — la région qui m'intéresse, la chaîne des San Juan Mountains, ses routes, ses forêts et le pays Ute.

J'avais été intrigué par ce nom et les messages qu'il transmettait, et puis je n'y avais plus pensé. Mais mon retour vers le rendez-vous qui m'a été proposé est en train de provoquer comme une ouverture de mémoire. Des portes se descellent. Dans le véhicule qui nous mène au ranch, la carte sur les genoux, alors que je déchiffre les noms des villes (Esperos, Mancos, Dolores, Nucla), je sens surgir comme un magma de souvenirs, d'images et d'informations que j'avais entièrement occultés.

On croit se souvenir de tout, ou presque. Mais qui peut dire qu'il capture le quotidien de sa vie, ce qu'il y a de plus éphémère et provisoire ? Gorgées de vin, pétales de marguerites, sourires entrevus, cris et chuchotements, amitiés ou amours passagères, haines ou colères furtives, que reste-t-il dans une mémoire de cet amas de moments, d'émotions, et même d'habitudes ? Comment faire le compte des choses de tous les jours ? La mémoire la plus exercée ne peut retenir toutes les sensations, pulsions et sentiments, pas plus que les paroles prononcées, tous les petits gestes. Or voici que, par la grâce du paysage et de la terre retrouvés, un singulier désordre vient bousculer mon ordre intérieur. Santos-Montané semble constituer le premier exemple de ce resurgissement de connaissances. Après lui, ou avec lui, que viendra-t-il d'autre?

Je voudrais dire quelques mots sur Creede. Il me paraît intéressant que la gazette qui diffusait les « paroles » de Santos-Montané ait été réalisée et imprimée dans cette ville. Car Creede fut un lieu d'enfer, le théâtre d'extravagantes violences au temps des pionniers, entre 1845 et 1890.

Autour de Creede, aujourd'hui ville fantôme de trois cents habitants, quasi silencieuse, presque morte, on avait découvert des filons d'argent. Riches veines, épaisses, longues et profondes, des coulées d'argent parfois visibles à l'œil nu. C'était féerique, irréel. De quoi rendre les hommes fous. La démence de l'argent ne fut pas moins grande que celle de l'or. En quelques mois, ce petit monticule, non loin d'un autre village au nom si poétique : Wagon Wheel Gap, ce roc accessible par la seule passe de Slumgullion — ainsi nommée parce que les rochers multicolores de ce pays ressemblent à une soupe slumgullion, recette locale, bouillon épais de légumes et de viande —, ce trou perdu attira un mélange incroyable de bandits, prostituées, joueurs professionnels, voleurs et assassins. Une effervescence bruyante et permanente courait comme un torrent dans la rue principale, cette

rue où l'on disait qu'il ne faisait « jamais nuit ».
C'est là, à Creede, que la fameuse Calamity Jane
fit scandale avec sa copine, Poker Alice, qui
fumait et mâchait le cigare comme un jules.
C'étaient des jules, toutes les deux. Et dans cette
ville où rien ne pouvait faire scandale, puisque
l'excès était la routine, les deux fortes lesbiennes
faisaient tout de même un peu scandale. C'est
aussi là que Bat Masterson, patron du plus grand
de tous les saloons, imposait la loi par la seule
force de sa réputation. Avec son regard clair, son
œil rond et froid, son regard fixe de manieur de
colt 45, Bat pouvait rétablir le calme sans esquis-
ser un geste vers l'étui de son revolver. Il suffisait que l'on entende quelqu'un crier : « Attention, Bat Masterson arrive ! » pour qu'à nouveau
règne un semblant de paix. Bat était un bœuf.
Grand, fort, dense, peur de rien ni de personne,
capable de tuer sans ciller. Un tas de chair et
d'os cruel et impérial, convaincu qu'il incarnait
la justice et l'ordre. Le doute n'habitait pas Bat
Masterson.

Ainsi, de Creede qui fut un théâtre de folie,
vociférations, musique bastringue des bordels,
avidité, fortune subite, brutalité primitive, règle-
ments de comptes et déraison, devaient sortir,
beaucoup plus tard, les aphorismes tranquilles,
les petites perles d'enseignement d'un inconnu
au nom énigmatique de Santos-Montané.

Était-ce, un siècle plus tard, comme une réaction à l'héritage de violence et de destruction ? Nul ne sait. Il n'existe aucun portrait, nulle part, de Santos-Montané. C'est un nom sans visage qui vient s'inscrire dans le ciel de mon retour — de même qu'un visage sans nom, celui d'une jeune femme, va continuer lentement d'émerger des brumes de la mémoire.

8

La jeune femme
au visage grêlé (un)

Quand elle était encore petite fille, autour de dix ans, celle qui allait devenir la jeune femme au visage grêlé avait connu une courte période de bonheur et de calme. C'était à Clayton, dans l'Oklahoma, dans la chaleur du pays plat, où sa mère avait obtenu quelque chose de solide, un vrai job, avec une paye régulière, des horaires décents et un patron qui ne l'insultait pas.

La mère rejoignait la caravane à heure fixe, le soir, et non plus la nuit, comme autrefois, et non plus soûle et décoiffée, parfois en rires ou parfois en larmes, parfois battue, comme cela s'était passé dans d'autres villes, dans d'autres États — Texas, Louisiane, Arkansas. Et la petite fille n'avait plus besoin de préparer les compresses d'eau froide afin de soulager les plaies et les bleus sur le corps tuméfié de sa mère. Les hommes qui battent semblaient avoir disparu de leur vie quotidienne. Il n'y avait d'ailleurs plus d'hommes dans le lit-couchette de la mère. Plus de pères provisoires. La petite fille s'en contentait. Par instants, elle croyait se souvenir du premier homme, qui avait été le premier père et peut-être son père véritable. Un gros morceau, poilu et taciturne, qui fumait, buvait, criait beaucoup. Il avait une voix rauque, comme si l'on avait versé du gravier dans sa bouche. Elle ne regrettait pas son absence, elle n'avait même pas prononcé le mot « daddy » devant lui, mais il semblait qu'il eût été le premier.

Elle n'avait jamais utilisé le mot « père » pour aucun des hommes qui venaient vivre quelque temps dans la caravane et puis repartaient — c'était la mère qui disait, à chaque nouveau partenaire : « Voici ton nouveau papa. » Elle refusait de les appeler ainsi. Elle inventait une identité différente de leurs prénoms authentiques. S'ils s'appelaient Bill, elle les appelait Willy Billy. S'ils s'appelaient Fred, ça donnait Freddy Fred. Elle appliquait cette grille pour tous les prénoms qu'elle entendait. Elle trouvait que cela faisait une jolie musique, comme dans les chansons de country western, qu'elle aimait écouter. Des chansons simples, nostalgiques, langoureuses et dont elle retenait facilement la mélodie, sinon les paroles. Pour elle, comme pour son frère plus âgé de deux ans, on pouvait diviser les hommes en deux catégories : ceux qui battent et ceux qui ne battent pas. On pouvait aussi, et ensuite, les subdiviser entre ceux qui crient et ceux qui ne crient pas — mais le vrai critère de jugement reposait sur le traitement physique qu'ils infligeaient ou pas à la mère, et accessoirement aux enfants. Jack, son frère, qu'elle appelait Jacky Jack, garçon agile mais frêle et encore de petite taille, lui disait :

— Il faut que je devienne fort et costaud, il faut que je grandisse vite. Comme ça, un jour, je pourrai défendre ma mère, je pourrai te défendre.

À Clayton, Jacky Jack, pour se muscler et « devenir fort », avait décidé de s'astreindre à transporter des objets pesants d'un endroit à un autre et de le faire en courant. Il ramassait des pierres dans des carrières de sable autour de la ville, il proposait aux voyageurs de la petite station de chemin de fer, de l'autre côté du terrain où était installée leur caravane, de porter leurs valises. Il soulevait les instruments agricoles de la coopérative voisine, contribuait à aider les livreurs à charrier leurs caisses dans l'arrière-cour du restaurant où la mère avait trouvé son emploi de serveuse. Dans les rues de Clayton, à l'heure de la sortie de l'école, on pouvait voir la silhouette menue de Jacky Jack courant, les bras chargés de ses poids, trottinant sans répit sur ses jambes graciles.

— Je m'exerce, expliquait-il à sa sœur. Comme ça, je me fabrique de la force, je me fais de l'endurance.

Elle aurait voulu convaincre son frère qu'il n'y avait pas lieu de s'exténuer ainsi, puisqu'ils s'étaient désormais fixés à Clayton et que les hommes qui battent avaient disparu. Puisque leur mère semblait avoir choisi une vie moins imprévisible et puisque, désormais, chaque jour ressemblait à celui qui l'avait précédé et à celui qui suivrait — ce qui constituait pour la petite fille un réconfort qu'elle accueillait comme une forme de félicité. C'était cela, pour elle, le bonheur : que les jours se ressemblent sans violence. Mais Jacky Jack lui répondait :

— Un jour ou l'autre, les hommes qui battent reviendront et ce jour-là, je serai prêt.

Aussi bien, ne pouvait-elle empêcher son frère de courir les rues et les terrains vagues de Clayton, et l'attendait-elle assise sur les trois petites barres de l'échelle d'acier qui permettait d'entrer dans la caravane, son regard posé au milieu du trailer park de Clayton, avec en fond le sifflet des trains de marchandises qui ponctuait le passage des heures.

Jacky Jack n'eut pas le loisir de développer longtemps ses muscles et sa capacité de résistance. Un poids lourd immatriculé dans le Kansas, chargé de grains, le renversa un soir, le tuant net, alors qu'il courait à travers la route pour rejoindre le parc.

La mère et la fille quittèrent la ville quelque temps après la mort de Jacky Jack. On perd leur trace. Elles franchirent la frontière d'État du Colorado. On les retrouve allant de ville en ville : Two Buttes, Manzanol, s'arrêtant là où la mère peut dénicher le seul emploi qu'elle ait jamais su pratiquer, serveuse, et la fille, à mesure qu'elle grandit, se laisse pénétrer par la certitude qu'elle n'aura pas d'autre perspective. Elle a vu faire sa mère, elle l'a déjà remplacée une ou deux fois et, dès l'adolescence, la fille s'est glissée dans l'héritage de la mère, le sillage de la servitude.

Cette fille et cette femme sont des *trailer people* — comme on dit en Amérique. Elles ont mangé, dormi, vécu, pleuré, parfois ri, dans un *trailer*. Il est difficile de traduire le mot. J'ai écrit caravane, on pourrait aussi utiliser roulotte, mais il ne s'agit pas tout à fait de cela. Les trailers ressemblent plutôt à des « maisons mobiles », rectangulaires comme des boîtes, la plupart du temps peintes en jaune ou en blanc, et qui peuvent être *trailed*, tirées par voiture ou camion, c'est selon — des sortes de cartons dans lesquels vit une humanité nomade, proche du sous-

prolétariat. On en voit aux ceintures des villes —
à l'écart des centres, dans des parcs aménagés.
Il existe des trailers parks de luxe, mais on doit
imaginer la petite fille qui va devenir la jeune
femme à la peau grêlée ayant plutôt passé ses
jeunes années dans des trailers parks de niveau
modeste. On doit l'imaginer comme elle est :
humble, donc susceptible d'être humiliée.

9

Le vent

Le cœur saute.

Ce n'est pas seulement l'altitude. Le ranch est situé haut, à deux mille mètres, et l'air sec et purifié bouleverse l'organisme encrassé par la vie dans les villes et coupe le souffle. Mais ce n'est pas la seule raison.

L'émotion n'a cessé de me gagner, dès que le petit avion s'est posé à Montrose. Depuis, ce sentiment ne me quitte plus et j'avance à chaque instant dans un état d'anticipation fébrile. Comme si me rapprocher de la forêt me donnait le trac.

Le ranch est un monde en soi. Par ce vocable, les gens de l'Ouest n'entendent pas une habitation, mais l'ensemble d'une propriété — les terrains, le bétail, les cours d'eau, les vallons et les plaines. Celui de nos hôtes semble sans limites. Il s'étend sur des milliers d'hectares, un vrai petit morceau d'Amérique. Au centre de cette

ample géographie, plusieurs demeures construites en bois. Il y a la maison des invités, celle
des propriétaires, celles des cow-boys. Les granges
et les silos à foin. Les chevaux et le corral. Une
rivière, nourrie par plusieurs ruisseaux, court en
serpentin, bordant les divers bâtiments, et tout
autour, les vastes prairies, les herbages, puis le
sol qui s'élève vers les buttes du maquis, puis les
pistes qui mènent aux lacs, aux espaces sauvages,
à travers d'abord un terrain poudreux et caillou-
teux, pour retrouver ensuite la forêt, pas la
mienne, mais une semblable. Je ne suis plus très
loin. Ce sont déjà les mêmes couleurs, la même
nature, et cette nature et sa redécouverte font
tressaillir tout l'être.

On nous a installés dans une maison de rondins de bois pour nous seuls, le long d'un clair
ruisseau rapide — un *ditch*. La demeure est
entourée d'une herbe tendre et riche. Vert clair,
très irriguée. À peine arrivé, j'entreprends de
marcher sur l'une des pistes qui dominent cette
maison pour embrasser la partie visible du ranch
d'un seul regard — si possible, puisque les
limites du ranch vont bien au-delà de l'œil. Premier réflexe : trouver un point d'observation,
s'immobiliser, et s'asseoir. Attendre. Se taire.
Sentir. Regarder. Regarder le grand espace de
l'Ouest.

Assis le dos contre une butte qui délimite la

piste, au milieu de buissons rose et gris, avec là-haut dans la forêt les verts qui tournent au bleu avec plus près un autre vert, proche de la pomme, celui des arbustes, avec le concert d'odeurs et de sons, je balaye d'est en ouest ce paysage immaculé et j'avale une première longue et profonde gorgée d'espace. Car l'espace est comme un vin, une boisson qui enivre, transforme l'organisation du corps, et dont assez rapidement on devient le dépendant consentant. Il existe un grand besoin d'espace, comme le besoin de mer dont parlent les navigateurs. L'espace, savons-nous seulement ce que cela veut dire ?

Cela veut dire le vide — mais comme il n'y a pas de vide dans la nature, cela veut dire l'absence d'artifices, de présences ou de bruits humains. L'aéroport futuriste et mégalomaniaque de Denver que j'ai quitté ce matin a-t-il été implanté au milieu de l'espace pour le meubler, tenter de le transformer ? Comme si les hommes ne voulaient plus voir ce qui est là — c'est-à-dire ce vide, qui n'est pas vide, qui est la vie. L'espace n'est qu'un autre mot pour définir la vie. Et moins nous pouvons le comprendre ou en jouir, moins la vie peut nous nourrir, nous stimuler. L'espace n'est jamais vide, ne serait-ce que parce qu'il respire, chante et bruit. J'ai évoqué le mot concert. Je vais m'y plonger. Je prends une deuxième longue et profonde gorgée — c'est-à-dire que j'ai redressé mon buste contre la butte et je me suis retrouvé dans une position de grande respiration, face à l'étendue qui comprend toute cette vallée protectrice, depuis ses vagues de pâturages ondoyants jusqu'au mont Baldy, le chauve, l'un des pics de la chaîne des San Juan Mountains, chaîne géologiquement jeune, dont le granit présente un aspect plus rude et plus précipité que la plupart des autres Rocheuses.

Il y a comme un tourbillon de sons, cela fleurit de toutes parts. Ce sont d'abord les frétillements d'ailes de grosses sauterelles à carapace grise — le bas de leurs ventres comme l'intérieur de leurs ailes sont teintés jaune et jade. Lorsqu'elles se déplacent de touffes d'herbe en fourrés, de ronces en buissons, leur bruit devient presque métallique. Ce cliquetis se fond dans un autre son, aussi intermittent mais aussi fréquent, plus lourd et plus présent, plus charnel, des grappes d'oiseaux bleus, les stellar jays, les geais étoilés de la montagne, à la tête couronnée de noir. Ils s'expriment à peine, c'est leur vol qui parle pour eux. Ils éclatent en petits groupes, en escadrilles réduites, dix à quinze, jaillissant des boqueteaux d'arbres nains pour se poser sur une surface d'herbes folles, et j'observe qu'ils choisissent le coin le plus vert, le plus frais, celui qui a gardé comme une présence de rosée ou de pluie nocturne, et leur courte trajectoire, bleue, donne au métal des sauterelles ce qui lui manquait le plus, de la fantaisie, de la souplesse, du délié.

À ces deux sons entrecroisés, viennent se joindre d'autres frémissements pour qui veut bien ne pas bouger (surtout ne pas bouger!) et enregistrer le chant de la vie sous toutes ses formes. Des noisettes sont tombées sur des brindilles, deux écureuils d'Albert ont fait la course en escaladant le tronc d'un chêne, une nouvelle rafale d'oiseaux, gris ardoise celle-là, plus petits et plus clairs que les geais, aux cris plus aigus, s'est abattue sur un champ de fleurs de roche, rouge, jaune, lavande, or, et l'on croirait presque enfin entendre l'infime chuchotement d'un nuage formé par de la poudre, de la terre, du pollen blanc qui se disperse, de la poussière de pétales, ce qui, pour les Indiens, en particulier les Navajos, était la représentation la plus fidèle du souffle de la vie. Cette matière à peine palpable, éphémère, virevolte, se perd dans l'air pour se reposer ensuite comme une neige d'été.

Toutes les notes irrégulières et imprévisibles sont soutenues en permanence par un chant, qui, lui, ne s'arrête jamais, celui du ditch, le mince torrent plutôt que ruisseau dont l'eau froide et savoureuse se précipite à travers sauges, pousses, mousses, roseaux, galets et racines, branches basses, vers d'autres cours d'eau qu'on appelle aussi ici des creeks ou des forks. Ils se mélangeront bientôt en aval en une seule et même rivière. Mais leurs chants constants, inchangés et pourtant sujets à quelques variations, ne constituent pas la vraie base de la musique du grand espace autour de moi. La vraie force qui règne et qui ordonne, la clé du secret, c'est le vent. C'est lui qui unifie l'ensemble, qui le maîtrise, fluide et dominateur, lui qui infléchit, amplifie ou assourdit. C'est le vent qui sert de toile de fond à toutes les autres couleurs sonores. Le vent que rien ni personne ne contrôle et qui semble tout contrôler. Quand votre corps a compris cela, quand vous savez d'où vient ce grand son unificateur, alors vous êtes capable de suivre l'ensemble de la musique.

Le vent est maître de l'espace, maître de l'horizon, intouchable, s'adaptant aux terrains et aux arbres, et se servant d'eux, de leurs formes et de leurs dimensions, jouant de leurs feuilles ou de leurs aiguilles pour produire avec chacun, individuel ou en groupe, une tonalité différente et néanmoins sans discordance. Le vent est la partition de la symphonie et le chef d'orchestre. Comme toute symphonie, elle offre des hauts et des bas, des explosions et des ralentissements. Elle se renouvelle, se répète en plusieurs mouvements. Si je dois baptiser la symphonie de ce jour, *Western Winds n° 1*, pour marquer le premier jour de mes retrouvailles avec les grands espaces, il me semble qu'elle a commencé doucement, qu'elle est descendue de la montagne, du haut des quatorze mille cent cinquante pieds, et qu'elle est partie ensuite, tonitruante, en dominant la prairie qui mène au lac Otanawando. Le mont Sneffels nous l'a envoyée, elle s'est calmée, elle a enveloppé les étendues de sapins, blue spruces et engelmanns, puis, en animant vivement des rangées d'aspens, ces beaux arbres pleins d'une musique intrigante dont je parlerai plus tard, la symphonie s'est ragaillardie et a balayé dans un grand sifflement les plateaux de Cocan Flats. Elle s'est civilisée en approchant des propriétés, elle s'est amenuisée, elle est venue me frôler, puis se répandre, plus calme, dans la grande Miller Mesa, à mes pieds. Elle se perd ensuite à mes oreilles, mais elle va continuer pour le bénéfice d'autres humains, d'autres arbres, d'autres animaux. Je n'ai aucune idée d'où est partie la première note et où s'inscrira la dernière. Seul le vent sait d'où il vient et où il va.

Le vent vit et agit. C'est de la puissance à l'état brut, du pouvoir pur, sans objectif de conquête. De la force sans stratégie, sans stratège. Pour les Utes ou les Navajos, le vent était « sacré ». Pour le poète Verhaeren, il a « immensément étreint le monde ». Pour l'Ecclésiaste : « De toutes les œuvres de Dieu, rien n'est plus inconnu à n'importe quel homme que la trace du vent. » Et pour Bob Dylan, le Rimbaud des années soixante : « La réponse, mon ami, est soufflée dans le vent. La réponse appartient au vent. »

10

*Toutes les femmes
s'appellent Karen*

Ainsi ai-je pris mon premier coup de vin de
vent, ma première soûlerie d'espace. Je ne me
sens pas encore prêt à aller chercher ma forêt,
à trente miles de là. Je ne me suis pas assez
imprégné du pays et je sens que, dans ce ranch,
je vais connaître d'autres sauts du cœur, d'autres
surprises. Mais j'ai déjà fait plusieurs constata-
tions : l'une, c'est que je n'ai plus d'âge, l'autre,
c'est que toutes les femmes ici, ou presque, semblent s'appeler Karen.

N'avoir plus d'âge : s'être assis et n'avoir pas
bougé au milieu de cette nature, s'être pénétré
de la notion du retour dans un paysage non revu
depuis si longtemps m'a ôté toute contrainte,
toute lourdeur. Comme si on ne portait plus les
valises de la vie, comme si l'on avait lâché la prise
des choses que l'on croit importantes. Un esprit
d'enfant alors vous habite, un esprit de jeune
homme, un esprit d'homme mûr, donc l'esprit

de tous les âges, ce qui veut dire aucun. Le temps semble transformé. C'est une sensation proche d'une certaine béatitude. Quand je redescends vers la maison en rondins de bois près du ruisseau, puis quand je rejoins nos hôtes dans la demeure principale faite des mêmes structures de bois de cèdre rouge, pour le premier repas en commun, le lunch composé de maïs dans du guacamole, de poitrine de bœuf aux morilles, de baies sauvages et de glace à la noix de pecan, je redeviens celui que je suis à ce moment précis du jour, de l'année, de la fin de l'été, parlant, riant, échangeant impressions et informations. Mais j'ai gardé en moi comme une fraîcheur, la sensation d'avoir été aspergé de jeunesse et d'innocence.

J'ai fait une autre constatation : toutes les femmes ici, ou presque, semblent s'appeler Karen. Ce prénom a déjà surgi plusieurs fois depuis mon arrivée en une seule matinée. La femme du métayer du ranch, Larry, s'appelle Karen ; elle est mince, vêtue de jean, chemise à boutons nacrés, bottes, cheveux courts, visage émacié et énergique, elle sourit beaucoup. Karen aussi, l'une des employés du ranch qui participe aux travaux de la cuisine, autour de la table d'hôtes. Elle est plus ronde, plus épaisse, les cheveux frisés, sa voix est teintée d'accent texan.

Lorsqu'un pick-up Ford a déposé tout à l'heure devant le corral les provisions pour une partie de la semaine, le *ranch hand* (personnel du ranch) qui a aidé à décharger l'arrière du véhicule a salué la femme qui conduisait :

— Hi, Karen !

Elle était plus jeune que les deux autres, les mêmes traits marqués par le travail, une tâche à accomplir, elle avait le même sourire immédiat et rapide, naturel. La Ford est repartie dans un jet de cailloux et de poussière. Le cow-boy souriait. Cette Karen-là conduisait comme un homme.

11

Où les correspondants font preuve d'imagination

Karen. J'ai donc connu cette hallucination dont j'ai déjà parlé : une infirmière à l'hôpital, belle et étrangère, qui s'appelait Karen et qui, au contraire de toutes les autres, me faisait peur. Je ne la voyais que la nuit. Je la croyais coréenne. Elle était maladroite et brutale, indifférente. Lorsque je suis sorti de mon état de danger et de douleur, j'ai enquêté, il m'a été répondu qu'elle n'existait pas. C'était une vision, rien d'autre. Je n'ai pas insisté. J'ai rencontré trop de réprobation et d'agacement, et la réflexion générale :

— Ce genre de phénomène arrive souvent.

Depuis, ce visage et ce nom m'ont poursuivi et intrigué, sinon obsédé. Une correspondante avait été, elle aussi, en réanimation à l'étranger, à Barcelone, et elle avait cru voir dans la nuit une infirmière du même type.

Je reçus d'autres explications. L'une m'arriva

du monde médical. Elle était rationnelle, elle provenait d'une anesthésiste :

— Avez-vous déjà entendu le mot carène ?

— Bien sûr, dis-je, vous voulez dire la carène d'un navire, la partie immergée de la coque, celle qui se situe sous la ligne de flottaison.

— Bien sûr, m'a répondu cette femme aux yeux vifs, au sourire plein de bonté, et qui a, toute sa vie professionnelle, « endormi » des centaines de patients avec sagesse et amour. Bien sûr, mais figurez-vous que « carène » est parfois utilisé pour identifier une branche du système pectoral qui conduit aux poumons. Or, vous étiez atteint aux poumons pendant votre épreuve.

— Oui. Alors ?

— Alors, la première fois qu'on vous a anesthésié pour vous faire une fibroscopie, autour de vous les médecins ont parlé, examiné votre cas et peut-être l'un ou plusieurs d'entre eux ont-ils prononcé ce mot : carène.

— Je veux bien, ai-je répondu, mais comment pouvais-je l'entendre puisque j'étais profondément anesthésié, puisque je n'entendais rien ?

La spécialiste a souri avec indulgence. Rien n'est jamais certain, a dit un philosophe grec, et pas même l'affirmation que je viens d'énoncer. Pour cette femme qui vit dans la science, et dont le propre savoir repose sur l'usage et la connaissance de produits matériels, les incertitudes demeurent. Nous ne savons pas, me dit-elle, quelle que soit la profondeur dans laquelle se trouve endormi un patient, s'il n'entend pas néanmoins quelques sons venus du monde réel. Nous ne pouvons pas affirmer qu'au début ou à la fin de l'endormissement, à l'approche du réveil mais aussi, pourquoi pas, en pleine anesthésie, en plein vide abyssal du corps et de la conscience, nous ne pouvons pas affirmer qu'un mot n'a pas franchi ce rideau chimique qui sépare l'inconscient de ceux qui sont conscients et actifs, autour de lui.

— Rien ne permet de dire que le mot carène, qu'utilisaient, penchés au-dessus de vous, les toubibs qui découvraient le périlleux état de votre système respiratoire, n'a pas pénétré votre inconscient. Et comme il était synonyme de danger, voire de mort, il s'est muté, vous l'avez transformé en Karen, lorsque, revenu à vos sens, en réa, mais sous l'effet des morphiniques et des hypnotiques, donc pas vraiment maître de vos sens, vous avez cru à l'existence de cette infirmière.

Une consœur, romancière, Irène F., a avancé une autre explication :

— Bien sûr que Karen existe ! Ou plutôt, elle a existé, même si vous ne l'avez jamais connue. Vous l'avez croisée, un jour, dans je ne sais quel lieu public, quand les corps des inconnus se frôlent, passent les uns le long des autres, aéroports, gares, et où une image, une sensation peuvent se transmettre. C'est une croyance assez répandue en Inde. Cette femme portait une force maléfique, peut-être détestait-elle les hommes, peut-être s'imprima-t-elle quelque part en vous. Qui sait si, plus tard, elle ne s'est pas réincarnée dans la personne de cette infirmière animée de cruauté et qui répercutait à des années de distance l'onde de malfaisance que vous avait envoyée cette inconnue ? Encore une fois, de manière générale, en Orient, de telles explications n'auraient rien d'absurde ni d'original. Nous sommes en France, en pays de raison, et vous aurez sans doute quelque peine à accepter ma théorie. Je vous la livre tout de même.

— Merci, ai-je répondu, mais cela ne me dit pas pourquoi je l'ai appelée Karen.

— Ah ça, je ne sais pas…

Un important personnage, puissant maître du monde de l'audiovisuel, a trouvé le temps de m'écrire une longue lettre. Pour lui, le prénom ne comptait guère. Mais le rêve de Karen agitait ses pensées.

Pour lui, je m'étais «souvenu de mon futur». Il citait le principe d'entropie qu'il attribuait à

Maxwell : « Avec le temps, tout système isolé évolue vers son plus haut niveau de désordre. »

Karen, tous les soirs, introduisait dans la chambre d'hôpital le danger, les maladresses, une confusion qui pousse au désordre destructeur. À travers elle, j'avais donc entrevu l'entropie qui peut gagner toute vie, puisque tout devient plus complexe, difficile, puisque réseaux et responsabilités s'accumulent, les obstacles se multiplient, j'avais vu mon futur ! Cette théorie ne me semblait pas très satisfaisante.

La plus longue et la plus éloquente lettre venait d'Alès, où réside un homme que j'avais connu à mes débuts dans le journalisme à Paris.

À réception de sa lettre, j'avais eu quelque mal à me souvenir de lui. Après lecture des premières lignes, j'avais revu les traits de cet élégant garçon à la silhouette juvénile. Habillé de façon discrète, Pierre de N. était mince et bien élevé, son langage contrastant avec la brutalité, volontairement exagérée, du parler des salles de rédaction où il officiait, derrière son « desk » — personnage en retrait, mais dont le rôle, au sein de la machine à fabriquer des mots, des faits et des événements, n'était pas moindre.

Pour lui, un certain nombre de données s'imposait. Elles s'appuyaient sur des comparaisons par analogie et sur l'écoute des sons. Ainsi, Karen pouvait s'entendre comme Kâ-Reine. Selon le dictionnaire des mythes, « Kâ » est, chez les Égyptiens, le double éthéré du mort, substrat vivant et actif, socle de la vie posthume, jouant après la mort le rôle du corps terrestre pendant la vie. Karen sonnait aussi comme « Carême », période de pénitence pour les judéo-chrétiens. Je croyais qu'elle était coréenne, c'est-à-dire appartenant à un pays partagé entre deux nations farouchement antagonistes. Or, n'étais-je pas partagé entre le tunnel noir et le tunnel lumineux ? Karen pouvait s'entendre aussi quand on prononçait les mots « corps » et « haine ». Qui n'aurait pas au moins inconsciemment, au cœur de sa souffrance, éprouvé de la haine pour son propre corps ? Femme, elle était représentative de la parcelle féminine que chaque homme porte en sa psyché et que Jung appelle l'*anima* — de même que chaque femme porte sa part minoritaire masculine, l'*animus.*

Mon correspondant concluait : « Le fait que tu lui consacres une telle place montre que ton message n'est pas épuisé. Je souhaite qu'il s'agisse d'un aspect de sagesse et de sérénité, ce serait justice, pour une traversée qui se poursuit, puisque le dernier mot de ton récit est sans point final... »

12

Un détail qui échappe
au correcteur

« ... sans point final... »

Pour qui ne croit pas au hasard, pour qui aime interpréter les signes, comment résister à raconter cette histoire ?

À la veille de sa sortie, mon livre n'est pas encore en librairie, je rencontre pour un entretien mon ami Maurice A., journaliste, écrivain, fin connaisseur de notre époque, homme de cœur. Nous échangeons questions et réponses, et il achève notre rencontre par ces mots :

— De toute façon, il n'y a pas de point final à ton récit.

— Bien sûr, dis-je. Le point final eût été que je n'en revienne pas, le point final, c'est la fin de la vie, mais je crois t'avoir laissé entendre qu'après tout, à la fin de ce que nous appelons la vie, j'ai cru entrevoir qu'il n'y avait pas forcément un point final.

Maurice :

— Attends, ça va, j'ai lu ton livre. Je ne parle pas de cela ! Si je te dis qu'il n'y a pas de point final, c'est qu'il n'est pas imprimé à la dernière phrase de ton livre. En tout cas, pas sur l'exemplaire que j'ai reçu.

— Qu'est-ce que c'est que cette histoire ? J'ai assez lu et relu, corrigé les épreuves, elles ont été lues et relues par d'autres, et je sais très bien qu'il y a un point.

— Mais non, regarde.

Nous ouvrons son exemplaire à la dernière page. Il n'y a pas de point. Je vérifie sur un autre exemplaire que j'ai reçu le matin même. Pas de point non plus. Souriant, heureux de me démontrer sa découverte, Maurice conclut en me quittant :

— Si tu ne l'as pas fait exprès, c'est encore un plus beau signe ! Tu m'assures que, sur les jeux d'épreuves, le point était bien imprimé ?

— Bien sûr.

Dès son départ, j'ai vérifié : sur toutes les épreuves, tous les textes revus et corrigés par les imprimeurs, les spécialistes de la maison d'édition, la ponctuation finale était bien là...

Le livre paru, les lecteurs amicaux, les lectrices bienveillantes ont écrit et exprimé toutes sortes de réactions.

Deux d'entre eux seulement ont relevé l'absence de point final. L'un, habitant la Guyane française :

« Se peut-il que ce détail ait échappé à l'auteur ou au correcteur ? Je pense que non. Cette absence de point final n'est donc qu'un signe pour ne pas fermer votre histoire, laisser la porte qui mène à autre chose, ce qui nous dépasse ? »

L'autre, un jeune étudiant en philosophie, vivant en Touraine :

« L'absence de point final vient-elle confirmer l'hypothèse au sujet de l'existence d'une vie après la vie, puisque, si c'est le produit d'un choix personnel, cette traversée n'aurait pas de point final ? Ou bien s'agit-il d'une erreur ? Cette épreuve ayant enrichi votre vie, votre réponse me permettrait d'améliorer l'appréhension de la mienne. »

À mes deux correspondants, il a bien fallu que je réponde la vérité : cela m'avait entièrement échappé, mais pas à ce que l'on appellera le hasard, faute de mieux. Et, après réflexion, j'ai souhaité et demandé que, dans toutes les réimpressions, l'absence de point final soit respectée. J'ai exploité le « hasard ».

13

Rencontre avec les wapitis

À notre deuxième jour au ranch, je me suis réveillé très tôt, cinq heures du matin. Le décalage horaire, sans doute, mais aussi une haletante curiosité, l'envie de vivre le début du jour avec la nature, la sensation d'un « rendez-vous » : dehors, quelque chose t'attend.

Il faisait froid. Le ciel, de cuivre bleu-noir, était en train de tourner au rose violacé. Deux oiseaux ont giclé des arbres et franchi l'espace, à peine avais-je posé le pied sur le porche de bois donnant sur la prairie. La queue était séparée en son milieu par une bande noire, les deux côtés plus clairs, plus bleus. Les ailes, en revanche, avaient un aspect gris poussière. Autour de la tête, les plumes semblaient vert bronze, les pattes jaunâtres. Comment ai-je pu saisir tant de couleurs en si peu de temps ? Je pense qu'ils se sont immobilisés un instant au-dessus de moi, dans un ultime rayon de lune. J'ai regretté mon incapacité de les identifier, mon ignorance : à quelle espèce appartenaient-ils ? Plus tard, Terry Clancy, l'un des cow-boys, marmonnerait dans sa moustache en réponse à mon interrogation :

— Pigeons sauvages.

Avant de retourner à son travail, avare de mots, monument de flegme. Parler est inutile, ici au ranch, comme dans tout l'Ouest. Ou plutôt, seul le parler utile doit tenir lieu de langage.

Mais la première manifestation de vie animale immédiate dans cette fin de nuit, avec le soleil qui s'annonçait encore timidement derrière la masse du mont Sneffels, m'a fait ressentir la même émotion que la veille : le cœur saute et bat plus vite, plus fort. Je me suis avancé au bout du porche et j'ai regardé la prairie. L'étendue, délimitée par des pousses de jeunes chênes nains, était encore sombre, mais déjà ce jaune-vert tendre que j'avais remarqué dans l'herbe, signe d'une irrigation particulièrement riche, dominait l'ensemble. Dans cette herbe grasse, pure, soyeuse, j'ai pu distinguer un couple, puis plusieurs, d'élans adultes — ce qu'on appelle ici des *bull elks* — accompagnés de nombreuses femelles et de petits. Ils étaient chez eux, dans leur aire, sur leur territoire. Ça se devinait à l'aisance avec laquelle, à quelques mètres seulement d'un habitat humain, ils se déplaçaient de façon calme et méticuleuse, allant d'un carré d'herbe à un autre, de branches feuillues à une pousse fragile, pour se nourrir en toute quiétude. Aucune hâte : leur temps n'était pas le mien. Il était mesuré par leur faim, leur besoin, leur certitude d'impunité, leur souveraineté. Tout leur appartenait dans cette prairie, et la maison de rondins de bois sur le porche de laquelle je restais debout, silencieux, retenant mon souffle, n'était qu'une excroissance incongrue au milieu de leur univers. Eux, les *elks*, majestueux et puissants animaux à la poitrine ample, au port de tête droit, à l'allure de statue divine.

En langage shawnee, on les appelle les wapitis. Ce sont des cerfs grand format, pesant plus de mille livres, et si on les appelle *bulls*, c'est qu'il y a quelque chose du taureau dans la sensation de force qu'ils dégagent. Mais ces taureaux portent des signes, car la forme de leurs bois, larges, étalés, qui prolongent leurs corps, arme de combat et de dissimulation, leur confère une noblesse, une allure poétique, esthétique. Ils n'appartiennent pas plus à ce siècle qu'à un autre. Ils appartiennent à tous les temps et, il y a mille ans, ils avaient la même cambrure, les mêmes bois posés sur leurs mêmes têtes altières, les mêmes jambes musclées, la même robe couleur peau de châtaigne. J'ai esquissé un pas sur l'une des planches du porche et le simple bruit du talon biseauté de la botte a fait se retourner le mâle, puis la femelle. Leur buste a pivoté dans ma direction. Leur posture semblait vouloir dire :

— Qu'est-ce que tu fais là ?

Ce n'était pas une question hautaine ou hostile. Tout au plus, un étonnement placide. Que veut donc cet animal à deux pattes dans notre espace d'herbes et d'arbrisseaux, à l'heure de notre repas ? J'aurais voulu leur répondre. Puisqu'ils ne s'enfuyaient pas, j'avais peut-être le droit de venir jusqu'à eux.

Le cœur battant, j'ai quitté le porche et foulé l'herbe, me dirigeant vers le groupe qui avait cessé de s'alimenter et me fixait, aux aguets. Un cœur qui saute, cela ne signifie pas la peur. Face à la présence inattendue d'un animal non apprivoisé, pourquoi notre cœur s'envole-t-il ainsi, accélère-t-il autant son rythme ? Sommes-nous à ce point « urbanisés », ayant perdu toute notion de l'unisson avec un univers qui formait un tout, pour que la moindre rencontre avec ce que la nature offre de pur et de beau dérègle notre petit système ? Venue de la nuit des temps, si proche et si différente de nous, témoin de l'éternité d'un mystère, la créature vivante, muette et dominatrice, nous conduit à accepter ce que les gens des villes jugent inacceptable : qu'il y a bien un lien entre ce wapiti et nous, comme il y a un lien entre ce qui bouge dans cette prairie autour de moi, sur cette mesa, là-haut dans la forêt, dans la montagne, dans ce pays où les hommes sont encore moins nombreux que les animaux et où, pendant cinq jours et cinq nuits, je n'ai entendu aucun bruit mécanique, aucun son d'avion et où je n'ai vu, la nuit, aucune lumière artificielle. La beauté de cet instant, de ce groupe d'élans qui, immobiles, observe ma prudente avancée vers eux, a pénétré en moi autant que l'odeur de pins venue des sommets, autant que vous pénètre la première note de Glenn Gould, lorsqu'il attaque l'adagio cantabile de la sonate n° 8 en *ut* mineur de Beethoven.

Quel rapport, me dira-t-on, entre une rencontre avec des élans dans l'aube d'une journée de fin août, sur une mesa en altitude du sud-ouest du Colorado, et l'interprétation que le génial Gould a faite d'un génial morceau de piano du génial Beethoven ? Qu'est-ce que ce méli-mélo ? Pourquoi tout mélanger ? Ce n'est pas un mélange. Quand chaque cellule de notre corps dit merci à la beauté, quelle qu'elle soit et d'où qu'elle vienne, du génie de l'homme ou de la poésie de l'animal, de la folie de l'artiste ou de l'impénétrable vie qui se réfugie dans le corps du grand cervidé, nous voyons bien qu'il y a transcendance et nous approchons d'une

81

vérité simple, selon quoi le monde ne peut être mis en équation. Il est difficile de s'en tenir à la seule explication matérielle, si tant est qu'on ait jamais pu expliquer le monde de façon matérielle. Il ne s'agit même pas de savoir si c'est difficile, c'est plutôt vain, étroit et absurde. Le monde, ce qui relie Gould aux élans du Colorado, a un sens, il y a un lien. Il n'y a pas « rien ».

Je ne sais pourquoi, je décidai que je ne regarderais pas la tête du mâle, celui qui se tenait audevant de la harde et me toisait calmement, mais que je braquerais mes yeux sur ses bois, afin peut-être de ne pas rencontrer son regard et de retarder le moment, inéluctable, où il romprait avec son groupe et s'éloignerait. Je marchais dans l'herbe humide, lourde de rosée, au point qu'on aurait dit qu'il avait plu, et je sentais tourner autour de moi, avec une mince brise, des odeurs d'airelles, de mousses, de *chaparral* (le maquis) mouillé, et j'entendais comme toujours le chant de la rivière.

J'aurais souhaité que cette marche vers la harde ne s'arrête pas et que je demeure ainsi au milieu de la prairie, m'avançant vers des élans qui auraient reculé à chacun de mes pas, afin de me laisser aller vers eux sans que le contact se brise, et que le décor recule avec eux et que, ainsi, nous nous installions dans un espace intemporel. Holden Caulfield, le héros du roman de J. D. Salinger, avait exprimé le vœu d'être un *« catcher in the rye »*, un attrapeur au milieu d'un champ de seigle — et je formulais silencieusement la même sorte de ritournelle : devenir un marcheur dans la prairie, un rencontreur d'élans. Sans doute l'heure matinale, le manque de sommeil, l'euphorie procurée par la haute altitude, l'air cru de la montagne m'avaient-ils plongé dans cet état de souhait adolescent. J'avais à nouveau perdu mon âge. J'étais un très jeune homme qui découvre une terre inconnue. J'étais même moins qu'un jeune homme, un enfant.

Pourtant, au même moment, marchant vers les élans, je pensais aux trois années qui avaient précédé ce matin au Colorado : depuis que j'avais quitté l'hôpital, s'était-il passé quelque chose d'important ?

14

*On n'est pas guéri
quand on est guéri*

Il s'était passé beaucoup de choses, comme dans toute vie, mais qui s'inscrivaient dans un calendrier, dans le temps, avec des horaires, des lundis et des dimanches, des voitures, des objets, des chiffres, des déjeuners et des dîners, des spectacles — tandis que ce que je ressentais au milieu du ranch dans la prairie ne s'inscrivait sur aucun agenda.

J'étais plongé dans l'intemporel, sensation que je n'avais éprouvée qu'une seule fois de manière aussi tenace, dans les savanes du Kenya. Là-bas en Afrique, comme ici au Colorado, le temps que nous vivons, organisé, défini, régulé, n'existe pas. Vous avez rendez-vous avec la profonde histoire de la Terre. Peut-être avec la naissance du monde. Il s'est déroulé dans cette région de l'Ouest, il y a des centaines de milliers d'années, de tels bouleversements que le paysage tout entier reflète cette révolution, ce labeur : canyons, Grand Canyon plus loin là-haut, grand fleuve coloré — Colorado —, cratères et monts déchiquetés, chaînes des Rocheuses qui s'entrelacent, se contredisent, se contournent, fracture continentale — la fameuse Continental Divide — qui sépare les eaux et définit le véritable schisme entre la dernière frontière, celle de l'Ouest lointain (le *far west*) et le reste du continent — autant de témoins de l'immense désordre d'où a surgi, un jour, un ordre. Un jour, ces forêts et ces rochers, ces sables et ces mousses, ces plateaux ont acquis un visage définitif, calmé.

Mais savez-vous, me dira un cow-boy, que l'on a retrouvé encore récemment des dents de requin, au milieu d'une mesa broussailleuse et rocailleuse, à deux mille mètres d'altitude. Des requins en altitude ? Cela veut dire qu'autrefois, ici, il y avait un océan ? Vous touchez encore une fois du doigt à la porte qui ouvre sur les siècles, la fondation du monde. Quelles que soient la connaissance et la perception que vous ayez reçues de l'Histoire, massacres d'Indiens, courtes années folles dans des villes minières infernales, sièges de mort, sexe, lutte et violence, quels que soient les fantômes de ces hommes et de ces femmes qui recherchaient nourriture, fortune ou pouvoir, ou présence des dieux, tous ces fantômes qui hantent le pays et ne sont plus aujourd'hui que nuages au-dessus de votre tête, il demeure que rien n'a bougé, la nature est la même.

Entre la sortie de l'hôpital et le matin du Colorado, il s'était passé des choses.

Que m'était-il donc arrivé ? Étais-je retourné à mes habitudes ? Avais-je été fidèle à toutes les promesses que je m'étais faites ?

Le retour de l'hôpital ne signifie pas que l'on soit « rentré ». On connaît une période de grâce, un état ébahi de redécouverte des menus miracles de la vie, on prend toutes les bonnes résolutions. On aime mieux, on aime plus. On écoute mieux, on écoute plus. On voit mieux, on voit plus. On ne juge pas ses contemporains avec dérision et intolérance, les nouveaux accessoires de destruction. On éprouve, plutôt, compréhension et compassion pour les autres et, pour soi-même, relativité et modestie. L'arme secrète des lamas tibétains, le « poignard à tuer le moi », a été servie sur un plateau, et on s'en est bien servi. On a tué son moi.

Mais ce que les médecins disent rarement aux proches et aux parents de celui ou celle qui revient d'une épreuve hospitalière ultime, ce que les praticiens ne précisent pas à l'entourage, c'est que le traverseur n'est pas vraiment guéri. On

devrait dire : «Attention, vous le trouverez silencieux parfois, voire abattu, peut-être déprimé. Il
y aura des bas et des hauts, mais il y aura des bas.
S'il reprend son travail, tâches et distractions,
plaisirs et soucis, s'il donne l'impression qu'il est
là, que tout est rétabli et réparé, ne vous y fiez
pas — il n'est pas là tout à fait. »

Cela dure quelque temps. Et puis le goût du
travail, le goût du partage des projets entre
hommes et femmes, de l'adversité, des combats,
l'emporte lentement sur la tentation du recul,
du retrait par rapport à la vie.

Quand la lassitude intervient, au travail
comme en amitié ou en amour, c'est que la
passion s'est diluée. Or, c'est d'une évidence
banale, mais qui ne prend toute sa valeur que
lorsqu'elle vous touche, on ne fait rien sans passion. Il n'est pas simple de retrouver des passions dissipées pour cause d'un court voyage
aux portes de l'au-delà. C'est une question de
persévérance. On y arrive si on est aidé. Il faut
tenir, se maintenir et attendre, s'adonner le
plus possible à l'écoute des autres afin de s'oublier, grâce aux autres, oublier ses faiblesses, les
cycles de dépression et d'incertitude, dus à ce
que j'appelle un « effet retard » de la traversée
hospitalière.

Il faut donner à la vie le temps de complètement reconquérir celle ou celui qui a failli la quitter. La vie qui guérit.

La vie, qui se retrouve partout, aussi bien dans le gris du gris des villes que dans l'herbe d'inaccessibles prairies.

15

L'odeur brune des elks
dans la prairie

Le chef du troupeau des élans me toisait, sorte de roi vêtu de brun et de rouge, le dessin de ses bois lui servant de haute couronne, des bois s'étalant au-delà du bout de ses oreilles tendues en V. Allait-il charger dans ma direction ? Allait-il fuir ? Je mesurais de plus près le poids de la bête et me demandais comment il pouvait supporter cette lourdeur sur la tête. Stupéfait, je pouvais jauger sa masse de chair, de muscles, d'os et de sang, qui semblait exprimer : Ça va comme ça, ne franchis pas la ligne.

Entre nous deux, l'homme fragile et désarmé, ralentissant son pas dans l'herbe si haute que l'humidité pénétrait la toile du jean au-dessus de la botte, et l'elk imposant, maître du terrain, à la posture presque agressive, aux bois orgueilleux dont je distinguais maintenant tout à fait la couleur sombre, cette couleur que prend un animal dans la profondeur des forêts, je savais bien qui était le plus déplacé, le plus étranger à ce monde. Une forte senteur de musc, un mélange de miel, goudron, havane, avec autre chose de plus tenace et presque oppressant, vint à mes narines comme un nuage diffusé par je ne sais quel pulvérisateur. Cette odeur du mâle avait la même couleur que celle de ses andouillers. C'était une odeur brune et brutale, qui charriait la vie et les pulsions de la bête et de toutes celles qui l'entouraient. Peut-être constituait-elle la vraie barrière entre eux et moi.

Je me suis arrêté. C'est l'instant que choisirent les elks — les wapitis, les élans, appelez-les comme vous voudrez, je préfère les appeler des elks, ça sonne bien, c'est totalement singulier, ce nom, il n'a aucun rapport avec mon passé, ma culture ou mes mœurs, elks, c'est un mot sauvage, dru, net, intrigant —, les elks, donc, choisirent de bouger. Ils n'avaient manifesté aucune crainte, aucun effroi, et si la peur avait dû jouer, c'eût été, bien entendu, davantage de mon côté que du leur.

Mais quelque chose s'était déclenché entre leurs jambes et leurs poitrails, était remonté jusqu'au cou et à la tête, et ce quelque chose leur dictait de quitter cette partie du territoire. Ils tournèrent le dos et, de statues sombres et immobiles dans la futaie, ils devinrent, sans transition, de formidables créatures mouvantes, bondissant au-delà des herbes, franchissant les roches vers d'autres aires du plateau. Bondissant vers la nourriture, le sexe, les besoins de leur futur immédiat. Les femelles plus gracieuses que les mâles, les petits sautant et courant sur leurs fines jambes dans un bruit assourdi, légers comme les frappes des baguettes sur la peau sèche d'un tambour de jungle. Derrière moi, une série de petits coups précipités vint s'ajouter à ces roulements et roulades. Je tournai la tête. Il s'agissait d'un pic à poitrail rouge qui attaquait l'écorce d'un résineux à une cadence régulière, répétée, de son bec dur et avide. Il ne resta pas longtemps sur la branche, s'envola en chantant, une sorte de longue phrase mélodieuse et modulée qui, dans le cristal du jour qui se levait enfin, vint clore l'instant privilégié que je venais de connaître.

J'ignorais encore que la même journée m'apporterait d'autres visions, mais je le devinais. En permanence, maintenant, je devinais l'approche des surprises et, dans le paysage qui s'éclairait, s'ensoleillait, bleuissait au-delà et au-dessus de la maison en rondins de bois, je sentais revenir tout ce qui avait disparu de ma mémoire. Des sons, des voix, des choses d'autrefois, qui m'attiraient et me conduisaient vers le rendez-vous.

16

La jeune femme
au visage grêlé (deux)

À son tour, elle était devenue une serveuse professionnelle.

Sa mère avait essuyé les verres, vidé les plats, transmis les commandes, passé de table en table, de comptoir en comptoir, et la jeune fille, tout naturellement, s'était dirigée vers le même métier. Entre-temps, elles avaient quitté l'Oklahoma, franchi la frontière du Colorado et s'étaient fixées auprès de la base aérienne de Lamar, dans une partie plate du sud-est du Colorado, le long de la route 287-385. Dans une grande plaine sans limites, une mer sans vagues, monotone et triste.

Il y avait plusieurs bars et restaurants tout autour de la base aérienne où venaient consommer soldats et routiers. La jeune fille n'était plus une petite fille. Elle commençait à faire ses choix, à décider à la place de la mère. Elle n'aimait pas la ville de Lamar, ni ce pays au sol sévère et poudreux, cette crêpe immense retournée sur la poêle à frire qu'était la terre. Elle n'aimait pas les vents soufflant en tornades chaudes dès le printemps, ni l'écrasement de la chaleur sur l'herbe roussie par le soleil de l'été. Elle n'aimait pas les sauterelles qui piquaient la chair de ses jambes jusque sous les pacaniers et les saules où elle venait parfois se réfugier lorsque, sortant du Kelly's Bar B. Q. pour une heure de répit entre deux services, elle cherchait fraîcheur et silence.

L'Arkansas River coulait non loin de la ville. La fille savait par les récits des routiers que, plus loin, il existait d'autres sortes de plaines, qui se transformaient en prairies, lesquelles convergeaient jusqu'aux versants des montagnes. Elle savait que plus loin, plus au sud-ouest du même État, les fleurs sauvages bleues, violettes, rouges, blanches et jaunes poussaient en abondance auprès de pins géants et bleus qui montaient eux-mêmes jusqu'au ciel. Elle s'était insensiblement persuadée qu'il fallait se rapprocher des montagnes. Elles n'avaient pas encore, sa mère et elle, trouvé leur pays. Tout être possède son pays, son lieu, son décor, sa terre, et tant qu'il ne l'a pas trouvé, il n'a pas non plus trouvé l'harmonie.

Depuis la mort de Jacky Jack, son existence s'était déroulée de ville plate en ville plate, de landes nues et arides en plaines jaunâtres et grises. Dans des pays pauvres. Et bien que pauvre, fille de pauvre, elle aspirait à vivre au sein d'un pays riche, coloré, aux reliefs variés et surprenants.

Le mot « Colorado » avait pris tout son sens et s'était inscrit en elle. Il était synonyme de variation, de changement. Elle sentait, sans être capable de l'exprimer, que ce décor nouveau les aiderait à effacer la brutale disparition de son frère, leur passé dépourvu de joie. Lamar ressemblait trop aux bourgades sinistres de son enfance et maintenant qu'elle était en âge d'influencer sa mère, de prendre leur destin en main, elle la persuada de quitter le Colorado incolore pour un Colorado plus chatoyant, plus spectaculaire, plus conforme aux désirs et aux rêves qui, peu à peu, s'étaient transformés en un projet. Il en faut à toute créature. Son frère avait été habité par celui de devenir costaud pour défendre leur mère contre les attaques des hommes. Maintenant que Jacky Jack avait disparu, que la mère avait vieilli et s'était assagie, et que les hommes ne venaient plus dévaster leurs jours et leurs nuits, le projet s'était modifié. Il fallait atteindre un lieu et un paysage qui les protégeraient, toutes deux, en les éloignant de la malédiction des contrées plates, des interminables plaines stériles sillonnées par des camions assassins dont le cri des sirènes perce la nuit américaine.

Enfin, peut-être, ce désir d'arbres et de hautes prairies, de pics et de montagnes sous des cieux limpides et bleus était-il un antidote au défaut qui, dès sa puberté et son adolescence, avait pris possession de son visage.

Il lui était arrivé en peu de temps, au début de la puberté, comme un accident — un sort jeté par elle ne savait quelle sorcière : du jour au lendemain, ou presque, elle avait vu surgir une sorte de grêle sur ses joues et son front. Une petite grêle de boutons, un infini pullulement de micro-crevasses, menues pustules, une éruption généralisée qui, lorsqu'elle se regardait dans un miroir, lui semblait correspondre à la nature des sols de l'Oklahoma.

Mon visage ressemble à ma terre, avait-elle pensé.

Sa mère avait dit :

— C'est de l'acné. C'est rien. Ça te passera avec l'âge. Ça se soigne.

Et malgré soins, compresses, crèmes, talcs, malgré l'âge dont parlait sa mère, les mille traces de ces mille petites tumeurs avaient définitivement recouvert ses joues, ses pommettes, la partie basse de son front. Elle avait maintenant ce que l'on appelle un « visage ingrat ». Et peut-être était-ce pour oublier cette disgrâce qu'elle avait emprunté la route vers les montagnes, comme si le simple fait de vivre au milieu de la beauté dont elle rêvait lui permettrait de compenser sa misère quotidienne, ce qu'aucun maquillage, aucune poudre ne pourrait jamais entièrement dissimuler, ce qui était devenu son identité, sa marque, sa personnalité : elle était la jeune femme au visage grêlé.

Elles avaient donc cheminé vers le sud-ouest des forêts et des Rocheuses, des cascades et des canyons, s'arrêtant parfois huit jours, parfois six mois, dans des villes de petite ou moyenne importance, où elles gagnaient de quoi payer les diverses réparations du trailer qui se faisait vieux et cabossé, tiré par une Chevy au moteur épuisé que la fille conduisait prudemment, tandis que la mère dormait sur la banquette arrière. Elles avaient vécu et travaillé à Las Animas, La Junta, Walsenburg, Fort Garland, quittant la route 350 pour la 160. Bientôt, quand elles eurent atteint puis dépassé Alamosa et Montevista, les deux femmes surent qu'elles étaient entrées dans le pays des grands arbres. Tout changeait sous leurs yeux, le ciel comme la terre. La première forêt qu'elles découvrirent était celle dite du Rio Grande, puisque le fleuve légendaire prend sa source dans les monts du sud-ouest du Colorado, ce qu'elles ignoraient. Elles n'étaient pas venues là en touristes et l'histoire et la géographie de ce pays ne constituaient pas leur préoccupation principale. Elles n'avaient qu'un dessein : arrêter leur errance. Il leur sembla que le nouveau territoire dans lequel pénétrait l'antique trailer leur apporterait enfin la consolation après laquelle elles couraient, comme d'autres, en ces mêmes régions, avaient couru après l'or, l'argent, la puissance, parfois même après l'amour.

17

*La jeune femme
au visage grêlé (trois)*

Comme tout le monde, elle avait eu son histoire d'amour, comme tous les cœurs, simples ou pas.

L'amour manquait tellement dans sa vie, sa solitude était si profonde, qu'il aurait suffi qu'un garçon la regarde et lui dise : *Hello !* pour qu'elle croie comprendre qu'il lui avait dit : *I love you.*

Le garçon portait une lourde chemise à carreaux rouges barrés de noir, sous une épaisse jaquette de la même laine et de la même couleur, avec de multiples poches sur chaque flanc et une courte et large martingale dans le dos. Il était vêtu comme un bûcheron, il en avait les mains fortes et calleuses, recouvertes de cicatrices, ainsi que l'allure chaloupée, commune à ces hommes aux épaules épaisses, dorsaux gonflés, qui déambulent en bombant la partie supérieure de leur thorax, comme s'ils allaient monter sur un ring de boxe. Son visage était celui d'un gamin, pourtant, plutôt fin, ce qui étonnait sur un corps aussi massif, et il lui avait d'emblée rappelé les expressions de son frère, Jacky Jack — le même sourire désarmant, la même crédulité dans les yeux, la même méconnaissance des choses.

Car elle possédait l'expérience des hommes, même si, jusqu'ici, elle n'en avait pas tenu un seul dans ses bras. Elle avait trouvé remède à la violence de sa solitude dans l'exercice même du métier, au contact des clients, des femmes, mais surtout des hommes. Un restaurant, un bar de bord de route, un diner's, la cantine d'un motel, tous ces décors temporaires où elle avait compris comment reconnaître et séparer les voyous des naïfs, les imbéciles des finauds, les brutes des braves types. Sa première instruction, elle l'avait reçue en observant les amants successifs de sa mère, la kyrielle de papas de substitution dont elle avait eu peur, enfant. Puis, à mesure qu'elle avait mûri et s'était accoutumée à son emploi, la jeune femme au visage grêlé avait appris à lire les personnages de la comédie quotidienne dont elle était une indispensable figurante.

Un restaurant, c'est comme un film, pensait-elle. Il y a des bons et des salauds, des tueurs et des victimes, il y a ceux qui passent et jouent un petit rôle puis disparaissent, ceux qui restent plus longtemps et dont on se demande quelle importance ils vont avoir dans le film.

99

En fait, elle aimait son travail. Elle s'y adonnait avec conscience et discipline, elle n'avait jamais eu de difficultés pour trouver un nouvel emploi, dans quelque ville que ce fût. Elle proposait :

— Mettez-moi à l'essai pour un jour, vous verrez bien.

Et le patron, qui avait froncé les sourcils en dévisageant l'ingrat faciès de la jeune femme, était forcé d'admettre, au bout d'une journée seulement, que la petite faisait montre de rapidité, propreté, sens de l'organisation, discrétion, ne cassait aucun verre, ne provoquait, chez les routiers, ouvriers agricoles, flics de la route ou commis voyageurs, ni plainte, ni impatience, ni désordre. C'est très gentil, une serveuse aguichante, mais ça peut mettre le bordel dans un diner's, et puis ça ne reste pas longtemps en place. Les ennuis ou les absences répétées arrivent vite. Tandis qu'avec la petite, on était sûr que ça roulerait sans accroc.

— C'est bon, vous démarrez demain. Un dollar de l'heure, plus les pourboires, et vous êtes nourrie gratuitement.

Elle avait rencontré le garçon à la chemise de bûcheron à carreaux rouges au début du printemps. Il gagnait sa vie comme manœuvre à la scierie de la route 145, où l'on découpait les grands troncs de ponderosas, de sapins de Douglas ou d'épicéas de la forêt voisine, pour les entasser dans les camions à dix-huit roues qui les emmenaient plus à l'est dans l'État. Quand il avait passé pour la première fois sa commande, elle avait senti autour du garçon non seulement une odeur de résine, mais aussi comme un mélange de citron, vanille, essence de cannelle, ce fouillis de fragrances indéfinissables et riches qui s'imprègnent dans les vêtements de ceux qui, à longueur de journée, foulent branches et épines, aiguilles et pommes de pin pour trier le résidu des coupes. Elle s'était penchée vers lui, et l'odeur l'avait poussée à sortir de sa réserve coutumière :

— Vous sentez comme un magasin de bonbons, avait-elle dit en souriant.

Puis elle avait aussitôt fait marche arrière et baissé les yeux. D'habitude, elle ne s'adressait pas à un client de façon trop personnelle, se limitant aux ordres et au choix du menu, à l'énoncé de l'addition, un bonjour et un merci. Il avait souri avec cette candeur juvénile qui lui rappela instantanément le charme de son frère aîné :

— Hello ! avait dit le garçon d'une voix étrangement douce. Ça va bien ?

Et elle avait cru voir, dans ce sourire et cette

courte réponse, une promesse d'amour. Il s'était nommé — il s'appelait Jimmy, il venait du Texas, ce que l'on devinait aisément tant son accent lent et gras, ses fins de phrase traînantes contrastaient avec les voix plus abruptes des gens du coin. Il existe une haine tenace entre le Texas et le Colorado, nul ne sait pourquoi. Jimmy fréquentait peu les autres groupes de travailleurs. Il arrivait tôt, vers midi, s'installait seul à une table écartée, et elle se précipitait vers lui pour empêcher Jane, l'autre serveuse, de prendre la commande à sa place. Ils échangeaient quelques mots. Lorsqu'elle allait en cuisine, elle s'assurait que la platée du gâteau de pommes de terre accompagnant le ragoût de pattes de cochon était bien pleine, elle rajoutait une ou deux cuillerées au moment où le cuistot tournait le dos. Quand Jimmy n'avait plus de café, elle se dressait immédiatement devant lui, le pot fumant au bout de la main, pour renouveler le contenu de sa tasse, et il la remerciait de son grand sourire. Elle le choyait de petites attentions, prenant garde que le patron ne remarque pas son manège ou que Jane ne dénonce ses menues faveurs à l'égard du jeune homme. C'était devenu son secret, son délice, elle attendait l'heure de midi en surveillant les aiguilles de la grosse pendule au cadre bleuté marqué Spring Waters, et lorsque Jimmy poussait la porte grillagée du diner's, avançant en se déhanchant pesamment, silhouette corpulente et bobine de gamin, elle se sentait gagnée par une félicité intérieure qui lui faisait trouver tout léger, tout facile. La vie prenait un autre sens.

Un jour, Jimmy ne vint pas à l'heure du déjeuner. Elle en fut contrariée, pensa qu'elle le reverrait le lendemain, mais le garçon à la chemise à carreaux rouges ne vint pas plus que la veille, et elle en éprouva une sorte de panique. Cela faisait plus de quatre semaines qu'elle s'était habituée à sa présence, les sourires timides et réciproques, les conversations brèves et complices, les frôlements furtifs de leurs corps lorsqu'il se levait, la pâleur de sa voix, ce ton feutré qui jurait avec la carrure puissante, comme s'il n'avait pas mué, comme si son enfance était demeurée nichée dans le fond de sa gorge tandis que le reste du corps avait poussé.

Il lui sembla qu'elle ne pourrait pas résister à un troisième repas de midi sans sa présence, et le lendemain, puisque Jimmy n'était toujours pas réapparu, elle décida d'aller jusqu'à la scierie de la route 145. Elle prétexta un mal soudain, la tête, le ventre, obtint une demi-journée de congé. Avant de quitter le diner's, elle emprunta une gamelle à Guy, le cuistot d'origine irlan-

103

daise, et la remplit de plusieurs louchées de plat du jour (des œufs brouillés et du lard dans une épaisse bouillie de maïs pimenté), et elle se jucha sur le bord de la route en levant le pouce. Elle n'eut aucun mal à trouver un ride, un de ces lumbertrucks rouge et blanc métallisé, qui roulait à vide vers Mac Keever Reservoir, plus bas à l'est de la 145, précisément vers la scierie.

— Jimmy le Texan ? Je connais, avait dit le driver. Il fait partie de l'équipe des costauds, ceux qui bougent les troncs. Il doit être à la pause de midi à cette heure-ci.

Tandis que le poids lourd descendait la route le long de la San Miguel River, elle avait pensé que les événements importants de sa petite histoire personnelle étaient liés aux trucks, aux poids lourds. C'était un truck qui avait écrasé son frère, c'était à bord d'un truck qu'elle partait à la recherche de l'homme qu'elle aimait. Car elle aimait Jimmy, désormais c'était une évidence et la soudaine absence du jeune homme avait cristallisé ses sentiments :

— Si je ne dois le revoir qu'une fois, c'est maintenant, et ce sera pour lui dire que je l'aime.

Une notion d'urgence s'était emparée d'elle. Il lui semblait que l'absence du Texan pendant trois jours revêtait une importante signification. Une habitude se rompt et nous voilà contraints

104

à réévaluer notre vie quotidienne : qu'est-ce qui va nous manquer, à qui sommes-nous attachés, pourquoi ce sentiment de vide ? Qu'attendions-nous donc du lendemain et pourquoi n'avons-nous pas suffisamment joui du jour même ? Elle pensa que l'amour c'était cela : s'accoutumer à quelqu'un, attendre de le revoir, puis l'ayant revu et s'étant un peu rapproché de lui, ayant mieux appris à le connaître, penser déjà à la prochaine rencontre et savoir qu'elle sera différente de la veille, et néanmoins tout aussi familière, et que cette fusion entre un sentiment éprouvé et un sentiment inédit modifie le passage du temps, et donne un sens au déroulement de la vie.

À la descente de la cabine du truck, elle rencontra deux hommes en jean et coupe-vent sombres qui la dévisagèrent sans indulgence.

— Jimmy le Texan ? Je viens de le voir se diriger vers Good Enough Creek, dit le premier homme.

Le second lui lança le surnom cruel qu'elle avait déjà entendu :

— Salut, Face de Lune.

Elle courut vers la rivière dans le soleil de midi. Elle trouva Jimmy assis contre le tronc moussu d'un grand épicéa. On était au printemps. Il y avait, nichées dans le creux du tronc, des fleurs blanches et roses, veinées de pourpre.

Il lui fit signe de s'asseoir, sans manifester d'étonnement. Il lui sembla que Jimmy l'avait attendue, qu'il savait qu'elle viendrait le rejoindre.

— Je vous ai apporté votre repas, dit-elle en lui tendant la gamelle dont elle avait ôté le couvercle.

Le fumet des œufs encore chauds et du lard se répandit autour d'eux, vite dissipé et submergé par les parfums des herbes aux alentours, des sous-bois et par une fraîcheur indicible montant de la rivière, avec son eau propre, ses galets plats, ses tapis de cresson sauvage et son blanc gravier en dessous.

— Très gentil à vous, dit Jimmy. Vraiment très gentil.

Elle se rapprocha de lui. Il regardait la rivière, l'air rêveur.

— Pourquoi vous ne venez plus au diner's à midi ? demanda-t-elle.

Jimmy ne répondit pas. Comme elle avait oublié d'emporter des couverts, il plongeait ses doigts dans la gamelle pour porter la nourriture à sa bouche. Elle trouvait cela attendrissant. Il essuyait ses lèvres avec le revers de sa manche, comme un enfant mal éduqué, ce qui la fit sourire.

— Ce matin, dit-il, aux abords de Mac Keever Reservoir, j'ai cru voir un lion de montagne.

106

Il en était tout étonné. Émerveillé. Il était sûr qu'il ne s'agissait pas d'un coyote ou d'un chien de prairie, il avait reconnu le félin à sa démarche lente et musclée, à l'éclat de ses yeux jaune ivoire, à ses oreilles et ses moustaches de gros chat, et, surtout, à la couleur de sa truffe, orange mat, une couleur qui ne trompait pas sur l'identité de la bête. Jimmy ne trouvait pas les adjectifs pour décrire son plaisir d'avoir entrevu l'animal, espèce de plus en plus rare au Colorado, et qui ne s'aventurait que très épisodiquement hors de la rocaille, des crevasses pierreuses, des flancs arides des Rocheuses.

— C'était bon, dit-il à la jeune femme en lui rendant la gamelle vide. Merci. Je suis votre obligé.

Elle se blottit contre sa poitrine. Il faisait doux. Ils ne parlaient plus. Il la renversa gentiment sur le côté, contre la mousse, entre l'épicéa et les foisonnements de fleurs en bouquets écarlates, dont les longues étamines gorgées de pollen s'écrasaient sous le poids de leurs corps. Il était aussi maladroit qu'elle, à peine plus expérimenté, et ils s'aimèrent en se cherchant, en s'inventant, en tâtonnant, d'abord de manière confuse puis avec plus de souplesse et de contentement. Ils restèrent longtemps enlacés.

— J'ai tué un Indien il y a un an dans le Montana. Un Navajo, une bagarre, dit Jimmy. On me recherche partout dans la région. Je ne peux demeurer très longtemps dans le même endroit.

Il avait lâché cette confidence aussi abruptement que son information sur le mountain lion, sans préambule. La jeune femme se souvint alors que, depuis quelques jours, elle avait remarqué le passage, deux fois de suite, d'une voiture de patrouille de la police d'État. Les deux troopers avaient bu du café au comptoir du diner's, posé des questions au patron, elle n'avait pas entendu les réponses.

— Moi aussi, je les ai vus passer, dit Jimmy. J'étais sur le toit de la scierie et j'ai vu la Ford qui remontait la route 145 vers la ville. C'est pour cela que je ne suis plus venu te voir.

Il avait décidé de quitter les baraques où vivaient bûcherons et manœuvres. Il attendrait la nuit pour longer le côté sud du canyon, jusqu'aux hautes plaines qui s'étendent plus à l'ouest vers l'Utah. Il passerait par Vancorum et Bed Rock. C'était une route de transit pour camions. Il trouverait aisément un ride, surtout la nuit. Les trucks aiment rouler la nuit, loin et vite.

— Il faut partir maintenant, dit-il à la jeune femme. Ton patron va se poser des questions. À la scierie aussi, les types t'ont vue. Il faut se dire au revoir.

Il parlait de la même voix atone, timide, mais

elle sentait le danger et l'urgence affleurer à chacun des mots courts qu'il avait du mal à choisir. Elle l'embrassa une dernière fois. Sur le chemin du retour, dans la cabine d'un autre camion, avec la gamelle vide qu'elle n'avait surtout pas oubliée sur le tronc de l'épicéa et qui bringuebalait sur ses genoux, elle eut un court sanglot intérieur, puis elle accepta.

Elle acceptait tout. La brièveté de leurs échanges ; l'improbabilité qu'il revienne et qu'elle puisse à nouveau rouler sous son corps dans l'herbe, avec le bourdonnement des abeilles, l'odeur des fleurs piétinées, le goût du citron sur sa chemise à carreaux rouges, le clapotis argentin de la rivière ; la pensée quotidienne qu'il pourrait être arrêté, jugé, condamné, voire exécuté, et qu'elle n'en saurait peut-être rien. Elle acceptait l'amertume de réfléchir à ce qui aurait pu être et ne serait pas : on se revoit, on se re-aime, on forme un couple, on se marie peut-être, on peut abandonner le trailer, posé sur ses essieux dans le terrain vague, avec la mère vieillissante et acariâtre, on peut construire un semblant de bonheur.

Elle acceptait, car elle se disait que cet amour aurait pu ne pas avoir lieu du tout. C'était une offrande du ciel, elle lui était venue, dans ce pays vert et bleu, sur ce haut plateau, au-dessus de la San Miguel River. La seule chose qu'elle n'aurait pu accepter eût été qu'on lui dise :

— Tu finiras par oublier.

Elle voulait bien accepter l'ordre des choses. Elle voulait bien concevoir que l'oubli fait partie de cet ordre, mais elle savait qu'elle ne pourrait oublier Jimmy. N'eût-ce été que pour cette réalité inouïe, qu'elle percevait seulement maintenant, dont elle comprenait seulement maintenant la signification. Il ne lui avait jamais parlé de la laideur de sa peau, la particularité grêlée de son visage. Pas une fois Jimmy n'y avait fait allusion, pas plus lors de leur première rencontre au diner's que pendant chacun de leurs courts dialogues quotidiens, pas plus lorsqu'il lui avait fait l'amour et que leurs visages s'étaient pressés l'un contre l'autre. Jimmy l'avait toujours regardée comme si son front et ses joues n'étaient pas criblés des traces de pustules mortes. Il ne l'avait jamais appelée Face de Lune. Jimmy avait vu autre chose sur le visage de la jeune femme.

Elle en venait à se demander si ce n'était pas pour cette raison qu'elle l'avait aimé, qu'elle avait eu, comme tout le monde, son histoire d'amour.

18

Le rêve de l'ours

Vance, la Vallée perdue ; un ours ; des trembles : trois nouveaux rendez-vous.

C'était au deuxième jour. Au-dessus des chaînes lointaines, la San Miguel Wilderness, dans le fin fond de l'horizon, des lambeaux effilochés de couleur grise dérangeaient légèrement la virginité lumineuse du bleu délavé du ciel. Ces nuages flottaient haut et semblaient venir de très loin. Pour Terry Clancy, l'explication tenait, comme toujours avec le cow-boy, en quelques mots :

— Feux de forêt. Vents de Californie.

Entre le Colorado et la Californie, il y a des centaines de kilomètres de distance, des villes et même des mégapoles, des déserts, la vallée de la Mort, des forêts, des canyons, des plateaux, la sierra Nevada, le parc Yosemite, les vergers de la Nappa, plusieurs mondes riches et complexes, diversifiés, la vulgarité de Las Vegas et la beauté des déserts de Palm Springs. Il faudrait une vie pour les découvrir et les comprendre, et la puissance du vent et de son magistère universel passe au-dessus de toutes ces différences, abolit ces distances, et j'appris en effet que, quelques jours auparavant, de gigantesques incendies de forêt avaient éclaté en Californie centrale. Dans les regards irrités de nos hôtes, on pouvait lire que le travail du vent, qui avait porté les traces d'une catastrophe lointaine jusqu'à leur coin de paradis, allait peut-être légèrement troubler l'aube de ce jour. Le ciel ne serait donc pas totalement bleu, ce matin-là, totalement pur. N'importe, quelle que fût leur horreur de toute pollution, ils n'y pouvaient rien et, bientôt, quelqu'un dit :

— C'est ainsi que c'est.

Traduction maladroite, ou plutôt littérale, d'une expression américaine courante :

— *That's the way it is.*

Qu'il vaudrait mieux peut-être traduire par :

— Les choses sont ainsi.

La phrase avait été prononcée par Betty, une des femmes faisant partie de notre petit groupe, et je lui avais demandé si elle connaissait les aphorismes de Santos-Montané.

— Il m'est arrivé de lire ses petits textes, comme tout le monde dans cette partie du pays.

— Il en est paru récemment ?

— Depuis quelque temps, dans une gazette locale, on retrouve un ou deux de ses billets, mais pendant de longues années, on n'a plus rien imprimé de lui.

— Vous savez qui se cache derrière ce nom, Santos-Montané ?

Betty eut un sourire :

— Quelle importance ?

Au cours de la montée de la piste poussiéreuse le long de Cottonwood Creek, nous avons arrêté la jeep pour nous asseoir au bord du canyon. C'est une entaille forte et déchiquetée dans la roche, aux contreforts rougeâtres, parsemés de brousses et de souches qui tombent à pic jusqu'à la rivière, tout en bas, petit filet, sœur, sans doute, de celle qui serpente au pied de notre maison. Nous nous sommes assis au bord du précipice pour écouter le chant venu de si profond. En face, sur l'autre rive, la nature est plus variée, elle semble particulièrement riche et charmante. Il y a des clairières, avec des sapins, des pins nains aux aiguilles de couleur verte et jaune clair, des fleurs blanches, bleues et roses. Le canyon étant mince et étroit, lorsqu'on est assis au bord de son précipice, on peut très bien distinguer toute la rive d'en face, sa sauvagerie pure, l'homme n'y met pas le pied, puisque les pistes sont toutes situées de notre côté et que cette partie-là de Cottonwood est intacte, comme une réserve, presque une serre. Soudain, l'un d'entre nous, Charles, colosse aux yeux perçants, chuchote :

— Un ours.

Face à nous, sur l'autre rive, il est là, noir, non, brun, plutôt brun-roux, corpulent, massif, avec l'air, cependant, d'être un jeune mâle, fouillant les buissons d'armoises, entre deux boqueteaux de saules. Il est merveilleux, l'ours. Il capte toute notre attention, son apparition nous envoûte, nous écrase. Nous devons impérativement nous taire, car il a — ils ont — une ouïe fine qui permet, avec plus d'exactitude encore que l'odorat, de repérer toute présence étrangère. Mais si le vent nous est favorable, il est possible qu'il ne nous entende ou ne nous renifle pas trop vite. Alors, nous retenons notre souffle pour admirer cette créature dont les Indiens croyaient qu'elle n'était pas moins qu'une réincarnation divine, posée sur terre, au milieu des épicéas et des sorbiers rouges, des buissons d'airelles et des rochers, des marécages pleins de larves ou des buttes boisées pleines d'insectes, posée au milieu de tout ce qui peut satisfaire sa recherche de nourriture, son insatiable gourmandise, posée par les dieux des Indiens pour signifier aux hommes : soyez modestes. Ne faites pas les malins.

Il bouge d'une façon qui semble erratique, mais c'est un désordre apparent. Il y a du système dans son vorace itinéraire que l'on dirait guidé par un radar interne. Chacune de ses initiatives a un sens. Je peux le suivre à la jumelle que m'a prêtée Charles. Il est libre, il a l'air très ancien et très moderne, libre ! Il n'éprouve aucune difficulté à se nourrir, tant la nature lui offre d'aliments. On dirait que tout fait ventre : le moindre tronc d'arbre, tapis de mousse, les baies et les chardons, le moindre buisson d'armoises, la moindre racine, tout est prétexte à l'avancée de son corps, la fouille de son museau pointu inquisiteur, les coups de patte brusques et amples, jamais maladroits. Il cherche et trouve immanquablement. Il avale des bouchées compactes d'un magma de plantes, insectes, fruits et herbes. Je crois deviner une traînée rouge sur son flanc droit, le long de ses poils foisonnants couleur d'ambre. C'est du sang. A-t-il été blessé, est-ce la trace d'un combat récent face à un ours d'un statut égal ou supérieur au sien ? Ou bien d'un repas plus important, d'un corps de biche, un cerf à queue noire, une jeune chèvre de montagne ? Cette empreinte de sang d'une autre bête sur sa fourrure le rend soudain plus redoutable. Le prédateur omnivore est en marche.

Pourtant, en l'observant, nous sourions tous et toutes. Nous sommes béats. Je regarde furtivement mes compagnons de randonnée, hommes et femmes, et certains d'entre eux n'en sont pas, je le sais, à leur première rencontre de ce genre. Je vois sur leur visage la même marque de bonheur ravi, épaté, la même joie enfantine. Ces gens de l'Ouest sont au spectacle, ils savent que d'ici quelques longues semaines, lorsque la première neige viendra recouvrir les arbres, vallées et collines (l'automne est court et beau ici, et l'hiver tombe brusquement et pour longtemps), l'ours intégrera sa tanière pour ne plus en sortir. Ils savent que cet enfermement volontaire constitue l'un des innombrables mystères de la nature. L'ours séduit et enchante parce qu'il est un rappel des livres, images, joies et objets de l'enfance, mais aussi parce qu'il est proche de nous. Son adresse, sa capacité à pivoter debout sur lui-même, comme un être humain, son adaptation aux différents climats et habitats, sa faculté de vivre en groupe mais aussi de s'en détacher pour s'en aller tout droit vers les dangers comme vers les plaisirs de la solitude nous rapprochent de lui. Nous le voyons comme un animal extraordinaire et pourtant familier. Il y a de l'homme en lui. Il y a de lui en nous. Nous lui attribuons bonhomie, humour et sagesse. Pourquoi sagesse?

Comme l'homme aussi, il peut tuer et détruire, châtier, saccager, dévaster. Comme l'homme, il est imprévisible tout en répondant à des lois innées de comportement. Au contraire de l'homme, il se réfugie dans une tanière, de novembre à mars, de l'hiver au printemps. Les naturalistes ont tout expliqué, appareil digestif et autres raisons. Mais cette retraite demeure une énigme. Il n'est pas mort pendant ce temps-là, mais c'est tout comme, et cette mort provisoire qui s'achève comme une renaissance n'est qu'une autre illustration que tout est cycle. Nous n'avons certes pas besoin de l'ours pour savoir ces choses élémentaires : les saisons sont là pour ça, mais l'ours dans sa singularité incarne ce phénomène. Et puis les questions intriguent et nous forcent à plonger dans un autre univers que celui de l'explication d'un naturaliste, ou celui des chiffres, un monde insondable, celui de la vie à l'état brut : que fait donc l'ours pendant ces cinq mois de sommeil, de mort virtuelle?

Puis-je imaginer qu'il soit sujet à des rêves? Et si oui, à quoi rêve-t-il? Savants matérialistes et rationalistes me diront qu'il rêve de nourriture. L'enfant en moi veut croire qu'il rêve à autre chose — au ciel étoilé d'or, ce ciel d'hiver qu'il refuse de connaître, si beau dans la nuit glacée à de telles altitudes. Rêve-t-il aux fleurs bleues et blanches, fragiles comme des libellules, qui vont réapparaître au cours de la même saison qui le verra sortir de son hibernation? On les appelle des columbines, elles ont été choisies pour être la fleur « officielle » du Colorado et, s'il vous arrive d'en cueillir une et qu'un garde forestier vous surprenne dans cet acte délictueux, il vous infligerait une amende de 300 dollars, car le seul fait de l'avoir cueillie réduit ses chances de reproduction. Mais il n'y a pas de gardes forestiers là où nous sommes, assis, ébahis et silencieux, en train de rêver aux rêves de l'ours. Il n'appréhende pas les formes et les couleurs comme nous. Et peut-être reconnaît-il le monde comme une masse, des volumes, des gouffres et des bruits, des orages et des rafales. Peut-être n'est-il que le dépositaire des forces telluriques qui ont sculpté l'environnement dans lequel il bouge. Peut-être son rêve n'est-il qu'un écho de la naissance du monde. Peut-être n'y a-t-il rien d'autre dans ce grand corps endormi qu'un tueur qui emmagasine de l'énergie pour le jour de sa renaissance. Lorsqu'il deviendra le majestueux et mortel animal qui fait peur aux hommes, mais que les hommes aiment, puisqu'ils se retrouvent en lui. Puisque nous sommes un tout, nous sommes toute l'histoire du monde, toute l'évolution du monde.

Notre ours, de l'autre côté du canyon, n'appartient pas à la race la plus dangereuse et la plus puissante, celle des grizzlis, qui survit beaucoup plus haut que le Colorado, dans le nord-ouest du pays, en particulier dans le Montana. Je ne connais pas ces différences et, pour moi comme pour mes compagnons, c'est l'ours qui nous aura marqués. Il sera devenu l'Ours ! Nous n'aurons de cesse, à nouveau, dans les jours qui suivront, de le rencontrer, lui ou un frère, ou un parent. Il aura déclenché notre curiosité, le début d'une relation. Nous parlerons de lui, autant sinon plus que de nos contemporains, de l'« actualité » qui, ici au Colorado, aura perdu pour moi toute importance. Pendant l'entière durée de mon rendez-vous, je n'aurai pas une fois regardé la télévision, écouté la radio ni lu un journal. C'est l'Ours qui aura « fait la une » de mes journées. Le soir au repas, on ne parlera que de cela : l'Ours, l'Ours ! Cette masse agile et forte, cette masse noire, devenue chocolat car le soleil soudain avait permis de nuancer la couleur de sa fourrure, et l'avait ainsi rendu encore plus semblable aux illustrations de notre enfance, cette fortunée vision aura uni les ranchers dans le même concert de voix, d'exclamations, d'interrogations, et finalement de chansons. Il nous aura fait rêver. Il aura apporté de la joie, de la jubilation, des éclats de voix, il aura provoqué des blagues et des imitations, il aura offert ce qui compte le plus dans une journée : le rire. Il aura vécu en nous et son image ne se détachera plus de nos pensées, bien qu'il nous ait quittés avec quelque insolence.

Car il avait fini par déceler notre présence. Quelle qu'ait pu être la qualité de notre silence, l'immobilité qui s'était imposée d'emblée à nous-mêmes, il nous avait soudain devinés de l'autre côté du canyon. Il s'était avancé parmi les troncs d'arbre pour nous scruter, n'avait pas attendu longtemps pour se détourner avec désinvolture car nous ne présentions aucun intérêt, ni péril ni attraction, et il considérait qu'il avait mieux à faire que de renvoyer à ces hommes et ces femmes accroupis dans la broussaille leurs regards ahuris. La seule chose qui aurait pu éveiller son intérêt, c'est que nous ne faisions pas partie du paysage, nous n'étions pas un élément naturel, nous n'appartenions pas à la mesa. Mais après un court moment, pendant lequel, pattes de devant appuyées sur une épaisse souche de sapin, l'ours nous avait regardés, humés, écoutés et avait mesuré notre totale insignifiance, il avait repris sa balade méthodique et efficace dans la nature intouchée par l'homme. Vu de dos, il nous avait semblé qu'il se dandinait. Il y avait une cadence dans sa démarche.

L'ours dansait peut-être, oui, sans le savoir. Mais peut-être aussi le savait-il et nous adressait-il ainsi, avec son dos trapu, ses épaules rondes, ses oreilles dressées et son arrière-train massif, un au revoir léger, aussi léger que lourd était son corps — un petit ballet sans musique, gratuit et improvisé, au milieu des pommes de pin, brindilles, sauterelles, fougères, corolles de la gentiane acaule aux teintes si bleues qu'elles font de ces étendues comme un miroir du bleu du ciel. On dirait, parfois, que la terre est aussi bleue que le ciel, qu'elle est un deuxième ciel, celui dans lequel dansent les ours.

19

Pourquoi pleurent les arbres

Vance, la Vallée perdue. Deuxième rendez-vous.

C'est, dans les hauteurs, la dernière vallée encaissée entre le mont Sneffels et la San Miguel Wilderness, la dernière grande surface ondulante avant que les versants recouverts de pins de Douglas et de ponderosas délimitent le début des vraies montagnes. C'est à deux mille huit cents mètres, et pour y parvenir nous avons grimpé hors pistes à travers la roche, l'herbe, les torrents et la brousse, et nous avons été survolés par des faucons, des aigles, des éperviers qui fondaient sur des proies que nous ne pouvions voir fuir entre les buttes de terre. Nous avons fait déguerpir de véritables nuées de geais bleus auxquels s'était mêlée une grive solitaire, dont la queue rousse raisait comme une tache comique dans cet éparpillement de plumes bleuâtres.

Nous avons croisé des troupeaux entiers de

biches et de cerfs qui cavalaient dans tous les sens, en faisant s'envoler des papillons d'altitude. Nous avons même vu sauter des antilopes.

C'était une matinée magique. Le cœur qui avait bondi si fort lors de la rencontre avec les elks puis avait à nouveau cogné dans la poitrine à la vue de l'ours chocolat dansant dans la gentiane bleue, le cœur avait trouvé son nouveau rythme. Il ne battait plus par à-coups, il n'était plus sujet à des chocs. Il s'était habitué à passer une autre vitesse, une surmultipliée qui ne me quitterait plus. Désormais, j'allais vivre dans cette euphorie crispée, dans cette émotion intensifiée au contact de tant de beauté, couleurs et animaux, spectacle nouveau. Nous sommes bien conscients que nous vivons dans un monde ancien, pourtant ce matin-là, ce monde tellement plus ancien que nous avait l'air neuf. Chaque aube m'a paru nouvelle, en ces quelques jours dans cet ample paysage.

Nous devrions être capables de reconnaître la nouveauté et de lui rendre grâce à chaque fois, partout où nous sommes. Partout ! Même dans l'épais brouillard sale et jaune qui descend sur les périphéries des villes, même dans le gris des immeubles, celui qui pénètre les corps et atténue la flamme de la création, même dans la longue litanie des véhicules qui, feux rouges sur métal noir, pots d'échappement crachant le poison, semblent former la chenille bicolore de l'ennui le long des autoroutes et des boulevards. Même au centre de cette banale négation quotidienne, cette routine autodestructrice, il nous faut considérer que chaque aube est nouvelle et que c'est bien ainsi. Mais il est plus évident, plus facile, plus immédiat d'admirer la virginité et la vérité d'un jour nouveau lorsqu'on aborde une vallée perdue en altitude.

Nous n'avons cessé de traverser des merveilles. Il y avait, dans l'air qui asséchait la gorge et brûlait les lèvres, comme la transmission d'une pure énergie, des décharges d'électricité qui rendaient toute observation plus aiguë, toute vision plus scintillante. Les traces des feux de la lointaine Californie n'avaient pas résisté au grand vent salvateur qui avait balayé ces lambeaux suspects. Dès lors, l'espace au-dessus de nous était devenu immaculé, et c'est alors que nous étions arrivés à Vance, la Vallée perdue.

Un étrange silence, rompu seulement par des palpitations qui viennent vers vous comme d'incompréhensibles vagues, sans répit. Endroit vide et pourtant habité.

Une prairie que l'on dirait suspendue entre des étendues d'arbres et dominée par les pics des Rocheuses. Immense, d'un vert qui tend au céruléen, qui vire au sablé en cette fin d'été, puis retrouve le vert à nouveau dans les parties les plus à l'ombre. À la minute où vous en faites la découverte, vous êtes saisi par la beauté, la nostalgie du lieu et les interrogations qu'il suscite. Vous la dominez, la Vallée perdue. Elle s'offre à vous, vous êtes tenté d'aller fouler son herbe, mais il faut d'abord embrasser l'ensemble du regard, détailler sa particularité.

En son milieu, en effet, se dresse une gigantesque grange de bois noir, au toit finissant en pointe comme celui d'une église. Bâtiment abandonné dont les portes battent et les poutres grincent. Plus rien à l'intérieur, autre que des planches, des structures encore solides, charpentées, qui tiennent l'ensemble. Çà et là, des échelles brisées menant à des niveaux de plancher troué. Ici on amassait le foin, les céréales, les réserves pour l'hiver. Ici vécurent, travaillèrent et espérèrent des hommes.

Ils s'appelaient les Vance. C'était une famille de pionniers, mari et femme et cinq enfants, cinq garçons. Ils s'établirent à côté de leur grange démesurée dans une petite maison en rondins, qu'ils construisirent aussi modeste qu'ambitieuse était la grange — une de ces demeures de fermiers comme on en vit dans un film daté qui s'intitule *Shane* ou, en France, *L'homme des vallées perdues*. Alentour, il n'y avait que leur espoir de fonder un domaine, une exploitation agricole durable, aucun autre pionnier. Les autres hommes avaient renoncé à monter aussi haut. La légende qui entoure cette famille est floue et incomplète, diverse selon ceux qui la content. La fierté des Vance était telle qu'ils avaient choisi un territoire éloigné de toute agglomération, élevé au pied d'ultimes montagnes. Le père Vance était la source de tout cet orgueil. Il voulait démontrer — à qui, sinon à lui-même ? — qu'il était capable de maîtriser les éléments loin des autres hommes, à l'écart des civilisations, sans autre recours que ses propres ressources et celles de ses garçons qu'il dirigeait à la dure, patron impitoyable, constamment sur le métier. On ne possède aucune illustration, aucun portrait du père Vance et de sa tribu. Simplement les on-dit rapportés par ceux qui, irrégulièrement, venaient prendre des nouvelles, mais repartaient vite, dissuadés par l'humeur colérique du père.

On ignore la raison de son isolement, ce geste quotidien de défi à la difficulté du climat et du terrain, cette coupure d'avec le reste du monde. Quel passé fuyait-il, avec qui dialoguait-il en construisant son monumental édifice, dont la structure de bois sombre avait un aspect fantomal lorsqu'en hiver l'épaisse et abondante neige accentuait les contrastes ? Que voulait-il prouver et à qui? Elle était belle, pourtant, leur vallée inaccessible, mais la beauté peut aussi rendre fou. La légende continue et dit que les Vance se querellaient violemment, lorsque, cloîtrés dans leur maisonnette, immobilisés par l'infranchissable neige, ils attendaient quelques éclaircies, mangeant du lard et des *beans*, buvant de l'alcool de maïs. La légende dit que la colère rentrée, la haine plutôt que la solidarité, avait peu à peu pris possession de certains membres de la famille. Il semble qu'il y ait eu un suicide par pendaison de l'un des fils. Il semble alors que les autres garçons aient décidé de se séparer du père. Dans la nuit de cette légende, on croit voir partir les jeunes gens sur leurs chevaux. Le père leur lance quelques imprécations que les déchirures rocheuses de la montagne renvoient en écho, puis le groupe disparaît pour descendre vers des vallées plus riantes et plus humaines, et le père Vance reste seul devant sa construction géante, devant la nature et celui avec qui il voulut dialoguer, le Dieu maudit qu'il insulte, et nul ne sait comment il termina ses jours et encore moins ce qu'il advint de la mère.

Ce lieu porte leur nom depuis plus d'un siècle. Il existe un plateau Vance aussi, un réservoir d'eau Vance, une rivière Vance, plus bas, côté est. Le nom des Vance semble avoir été disséminé partout sur la carte, dans cette portion du pays, mais la nature a repris ses droits et personne depuis n'a osé venir s'installer dans l'ultime et troublante vallée. Les cow-boys, aujourd'hui, aiment guider les troupeaux qui appartiennent au ranch jusqu'à cette prairie si foisonnante que les bêtes s'y vautrent afin de mieux jouir de son opulence soyeuse, mais Larry, le métayer, me dit qu'aucun de ses hommes ne descend de sa monture pour pénétrer dans la grange noire qui se dresse, témoin d'orgueil et de vanité, d'espoir et de folie, face aux montagnes immuables et aux arbres d'où provient comme un sanglot.

Car les arbres pleurent, ici. Oui, on dirait qu'ils pleurent ou qu'ils chantent, c'est selon. Et si c'est un chant, c'est peut-être un chant de larmes.

La Vallée perdue résonne des insolites complaintes des aspens. Fermez les yeux, écoutez ce bruit, il vous envoûtera. Il provient de ce qui est le plus fragile, précaire et précieux chez un arbre : ses feuilles.

Les arbres, on les appelle des aspens, ce ne sont ni des bouleaux, ni des peupliers, mais des trembles d'une espèce plus vigoureuse, une race de montagne. Les Indiens en faisaient des manches d'outil, des coques de canoë, des armatures. Il y en a des colonies entières en lisière de la Vallée perdue, là où les fleurs sauvages d'été, marguerites et épervières orangées, s'évanouissent pour laisser place aux trembles. Hauts de trente mètres, élancés, modestes si vous les observez un à un, mais forts et imposants quand ils vivent en compagnie. Leur écorce est claire, d'un blanc presque argenté, et vous éprouvez, à toucher le lisse de cette peau, une sensation de plaisir, et plus l'arbre est jeune, plus l'on a envie de caresser sa parure, comme l'intérieur de la cuisse d'une femme ou la nuque duvetée d'un nouveau-né, comme le ventre d'un petit chat.

Ce qui personnifie l'aspen et le transcende, c'est le bruit produit par ses feuilles diaphanes. Elles palpitent sous les vents, sous l'air virevoltant des hauteurs sans interruption. L'aspen frémit, fait entendre une cantate à deux tons, vive et sèche dans un premier temps, vive et plus saccadée mais plus chaude dans l'autre. On croit deviner, dans cette pluie musicale qui vous submerge, les voix sans âge et sans sexe d'un chœur innombrable, invisible. Trembler se dit *quake,* c'est pourquoi les aspens sont surnommés des *quakies,* des palpiteurs. Leur musique n'est pas triste. Elle peut même engendrer sérénité, pacification, une légèreté de l'être, amorcer un envol vers la contemplation. Mais on peut imaginer que cette musique devienne obsessionnelle et lancinante, insupportable.

Comment les Vance l'ont-ils écoutée ? Au vrai,

comment reçoit-on la chanson de la nature? Tout dépend de ce que l'homme renferme en soi, ange ou démon, force ou faiblesse, fatalité ou refus de cette fatalité, acceptation de l'impermanence des choses ou négation de cette vérité. En hiver, lorsque les aspens avaient enfin perdu leurs feuilles et donc leur voix et leurs larmes, comment les Vance ont-ils accueilli ce silence et n'est-il pas devenu plus lourd à accepter que la complainte des quakies? Ou bien s'étaient-ils tellement habitués aux quakies qu'ils n'entendaient plus leur chant ni leur silence, perdus qu'ils étaient dans le quotidien cruel de leur existence d'exilés volontaires?

Une autre légende du peuple Ute dit qu'une nuit, une nuit de pleine lune, quand toutes choses vivantes sont en perpétuel tremblement de l'attente de l'arrivée du Grand Esprit sur la terre, l'arbre aspen ne bougea pas. Refusant de se conformer à la révérence générale de la nature, l'aspen fit preuve d'insolence. En pénitence, un aspen devrait désormais trembler chaque fois qu'un œil se poserait sur lui. Il me semble que la légende a ses limites, car l'aspen tremble avec ou sans le regard des hommes, ou bien est-elle plus ambitieuse qu'il n'y paraît et veut-elle dire, puisque l'aspen s'émeut au moindre souffle du vent, qu'un regard géant et unanime observe, éternellement, les évolutions de la forêt?

Alignés à perte de vue, comme des séries de colonnes blanches, les aspens continuent d'émettre leur mélodie, leur mélopée. Rien n'arrête ce bruit de rivière, ce babil de source, ce murmure d'enfants sans visage, cette respiration des anges, ce souffle inhumain et cependant si proche du nôtre. En ce matin d'août, il aurait fallu qu'il n'y eût plus le moindre vent pour que s'éloigne leur musique. Je l'ai donc entendue, sachant que c'était la même musique, et pourtant différente, que celle que connurent les Vance. Pour eux, le chant des orgueils enfouis, des espoirs brisés, le chant de l'histoire d'une famille de l'Ouest dont le destin avait mal tourné. Pour moi, pour celles et ceux qui nous entourent, qui se sont tus depuis notre arrivée dans la Vallée perdue, il a procuré une émotion contraire : impression de baigner dans le lait du temps. Cette musique, comme celle du mince torrent qui serpente autour de notre provisoire domicile au ranch, vous remplit d'une joie calme, d'une plénitude qui vous traverse lorsque vous êtes en unisson avec la terre. C'est cela, aussi, le rendez-vous au Colorado.

Nous quittons la vallée Vance, plus muets que nous ne l'avions abordée, le chant des aspens dans notre tête, le corps satisfait et rompu par l'expérience.

L'expédition a été longue. L'automne arrive à pas rapides, il n'est plus loin de nous. Déjà, en longeant la première série des rangées de colonies d'aspens, on peut observer le tournant que prennent leurs feuilles. La coloration automnale va poindre en très peu de temps, avec ses rouges et ses roux, ses jaunes et ses brique, ses orangés. Dans quelques jours, demain peut-être, tous les aspens, dans tout le pays, vont éclater de couleur et enflammer la région, comme un incendie sans risque qui prendra possession de la forêt, l'incendie de l'automne. C'est une chance de plus qui m'est donnée : arriver à cet instant du basculement des saisons, quand les vraies couleurs des arbres irradient et offrent sa plus belle parure au pays. L'uniformité des mois précédents va faire place à cette saison cruciale dans la vie des feuilles, cette heure où elles deviennent les plus belles et les plus différentes, ce moment de grâce qui précède leur chute, avant que commence un nouveau cycle.

Seuls, les grands pins, les hauts sapins alpestres vont conserver l'éternel bleu de leur vert, le vert dominant de leur bleu. Il me semble que, maintenant, je suis prêt à aller vers eux, vers les sapins de ma forêt, et aussi vers la petite commune de Norwood, où j'ai rendez-vous.

DEUXIÈME PARTIE

NORWOOD

20

La beauté
n'est pas la Beauté

Larry m'a offert une carte de l'US Forest Service, aux minutieux relevés topographiques, authentique carte d'état-major qui découpe et détaille le territoire en minuscules parcelles. Tout, jusqu'au moindre point d'eau, passage de bétail, sentier à mules, est répertorié, identifié. Je repère facilement Norwood, village à une rue, 129 habitants à l'époque où nous allions, le samedi soir, avec les ouvriers forestiers du West Beaver Camp, boire et manger, boire et faire du bruit, boire et nous battre. Norwood dont il suffit que je prononce le nom pour qu'un afflux d'images se produise. Entre les images de la mémoire et l'image du présent, quelle différence vais-je trouver ?

Sur la carte, la route qui mène à Norwood, la 145, est un long trait rouge rectiligne dans le blanc, couleur des plateaux, et à gauche et à droite, les parcelles de la carte sont en vert : les forêts. La route quitte la rivière, monte, change soudain d'altitude quand on vient de Ouray. On domine les canyons qui s'éloignent avec les sous-bois et on arrive dans la parcelle blanche de la carte, qui n'est évidemment pas blanche.

On est dans les hauts pays, sur les plateaux. Étendue de chaparral, brousses couleur de pain grillé, d'herbes rases, avec des morceaux de sols caillasseux et secs, des bouquets d'arbres nains, et l'on voit, bien au-delà de la route, les chaînes de montagne avec leurs versants bleutés, et leurs milliers de pins et de résineux, ma forêt. On roule comme sur un toit de tôle plate qui se prolonge très loin sans habitation et il n'y aura plus rien sur ce plat entre les dernières visions du canyon et Norwood, au bout de l'interminable ligne.

Norwood est resté intact, tel que je l'ai connu quand j'avais dix-huit ans.

À quoi servait Norwood, quelle est son origine ? Sans doute un arrêt sur une piste, un relais pour les diligences d'autrefois, pour les véhicules motorisés ensuite, un lieu-dit pour se ravitailler en carburant et nourriture avant de continuer vers la frontière de l'Utah. Bourgade de l'Ouest sans charme, vrai bled perdu entre de lointaines forêts, avec une seule rue, ou plutôt la simple traversée de la route, bordée de quelques bâtiments en bois, bas, un étage, des trottoirs surélevés en planches et des barrières auxquelles les cavaliers venaient accrocher la bride de leur monture. Pour les boys du camp qui avaient trimé pendant six jours de sept à dix-neuf heures, avec arrêt sandwich de vingt minutes, là-haut, dans l'Uncompahgre Forest pour tuer, à l'insecticide, les *spruce beetles* qui détruisaient la variété de conifère connue sous le nom d'engelmann, pour nous, Norwood représentait le paradis de la civilisation, la promesse d'un bain chaud dans le motel à la sortie ouest, la perspective savoureuse de la bière fraîche et du volumineux T-bone steak au Lone Cone Cafe, seul saloon de l'agglomération.

Pour moi, comme pour mes camarades de camp, indiens, mexicains, colosses parfois suspects, prolétaires incultes, nomades venus des États limitrophes, Texas, Arizona, Nevada, marginaux sans domicile qui allaient d'un travail à l'autre, au gré des offres, des informations et des saisons, pour moi qui faisais l'apprentissage de la force physique, l'endurance et la peine, la confrontation avec les éléments — pluie soleil nuit et froid —, le gain quotidien du dollar, mais aussi la rencontre avec la nature et les grands espaces, Norwood était devenu la localité la plus importante, la plus captivante de ce moment de ma jeunesse.

Je m'étais tellement donné à ce job, tellement

accroché à ce labeur brutal et monotone qui éliminait sans pitié ceux qui « n'étaient pas à la hauteur », ceux qui ne parvenaient pas « à tenir le coup », je m'étais tellement juré que rien ne pourrait m'exclure de ce campement de toile rudimentaire où nous dormions à cinq par tente, j'avais fait de cet été une telle épreuve d'orgueil et de dépassement de soi, que pour moi Norwood, c'était Babylone ! C'était, avec la seule lumière violette de la seule enseigne au néon au-dessus de la seule station-service, avec l'odeur d'asphalte qui remplaçait celle de la poussière et de l'insecticide, avec l'unique odeur de naphtaline dans l'unique magasin à tout faire et à tout vendre, où j'achetai premières bottes et premier chapeau, c'était l'exaltation de me sentir un homme parmi les hommes. C'était, avec le son nasillard du juke-box qui jouait « Ton cœur qui ment » ou « Maintenant je suis en taule », ou encore « J't'ai jamais aimée », les trois seuls tubes de country music que la primitive boîte pouvait diffuser au prix d'une pièce de cinq cents glissée dans la fente métallique —, pour moi, Norwood, c'était l'affirmation de ma virilité. Le personnage que je croyais être, qui déployait son arrogance, qui voulait relever tout défi, prendre sa revanche sur les complexes antérieurs de faiblesse et d'infériorité. C'était le théâtre de la manifestation de

138

mon autonomie, de la maîtrise de mon corps. Le décor de mon indépendance.

Je côtoyais Bill, Longue Figure, Mississippi Dick, Drayne Smith, le Suédois, tous les bûcherons, éclaireurs, drivers, répandeurs d'insecticide aux côtés desquels j'avais sué, trébuché, plié les jambes, parfois juré, parfois saigné. Ils étaient aussi surexcités que moi à la perspective de « frapper la ville », comme on disait. Vêtus de chemises à boutons nacrés, de jaquettes en denim qu'ils avaient lavées la veille au savon rugueux dans l'eau glacée de la Disappointment River, qu'ils avaient fait sécher sur la pente du toit de toile de la tente pour ensuite les lisser au moyen d'un long galet plat, réchauffé, lui aussi, au soleil, et dont ils se servaient comme d'un fer à repasser. Ils avaient imbibé leurs bottes à talons biseautés d'une graisse de castor couleur de cire, ils n'avaient pas touché à leur barbe et leur moustache, car ils croyaient que c'était l'attribut le plus voyant de leur identité : celle d'hommes de la forêt, indomptables membres de West Beaver, le camp des costauds, le camp du rendement, du travail sans répit, des records battus : « Combien a-t-on fait d'arbres cette semaine ? — Cinq cents de plus que les gars du camp Horsefly ! — Yeaaah ! » — le camp des « vrais hommes ».

À Norwood, en une matinée de fin d'été semblable, j'avais vu débarquer des motards, des Hell's Angels, venus de Californie pour punir l'un des leurs qui se dissimulait parmi les ouvriers de notre camp, Bill, qui partageait notre tente. Aujourd'hui, alors que je range la jeep prêtée par le ranch le long d'un trottoir qui n'est plus en bois mais en ciment — seul changement, avec l'apparition des antennes de télé et des véhicules d'un autre âge, sinon tout est pareil —, je reçois la première décharge de ce que, faute de mieux, je vais appeler le «retour dans le temps». Jeune homme, j'avais été inquiété, convaincu que les motards véhiculaient une menace. Il ne me paraît pas surprenant que, maintenant que je regarde à nouveau cette rue, j'entende puis je voie, venu du nord, un groupe d'une dizaine de Harley Davidson, des motards roulant en rang serré, parallèle. Mais leurs pilotes n'ont pas l'air porteur de mort qu'avaient les trois assassins de ma jeunesse. Leur allure est pépère, rassurante, ils semblent voyager en touristes. Le bourdonnement de leur moteur ne suscite ni angoisse ni agitation parmi les rares passants et les trois ou quatre commerçants dont je devine les silhouettes derrière la vitre de leur boutique. Les motards installent leurs lourdes bécanes sur un terre-plein d'herbe, entre deux bâtiments. Malgré la réminiscence et la coïncidence, je les trouve embourgeoisés, ventripotents et souriants. Ils bavardent entre eux et se dirigent vers un petit restaurant à la façade peinte en bistre, aux volets verts. Sur la porte de l'entrée, le nom de l'établissement : Karen's.

Karen ?

Encore une fois je retombe sur ce prénom, qui m'a fait signe depuis mon arrivée au Colorado, sensation dérangeante à chaque fois que je l'ai rencontré. À mon tour, je pousse la porte du restaurant qu'ont bruyamment investi les motards, mais c'est un bruit convivial et bon enfant, aucun indice de violence dans l'air, aucun malaise. Ils ont commandé des bières et des tacos. La patronne, assise derrière la caisse, est une femme volumineuse, sans formes, aux cheveux roux, un cigarillo au bout de ses doigts bagués, habillée style hippie, robe à fleurs et collier en bois doré autour du cou. Aimable, mais réservée.

— Il y a longtemps, dis-je, que vous tenez ce bistrot ?

— Treize ans, à peu près, pourquoi ?

— Parce qu'il y a bien plus longtemps que cela j'ai passé du temps dans cette ville. Vous recevez beaucoup de Hell's Angels ?

— Oui, beaucoup, ils viennent de tout l'ouest du pays, ici.

Derrière elle, je peux voir des photos plaquées

au mur. Une série de clichés sur lesquels figu-
rent toutes sortes de Hell's Angels, jeunes, vieux,
hommes et femmes. On peut lire le nom des
chapitres en lettres blanches sur leurs blousons
noirs : Sacramento, Monterey, Yuma Beach, Las
Vegas, Provo, etc.

— J'ai même des correspondants en Europe,
dit la patronne, au Danemark. Une fois par an,
en juin, ils arrivent tous, par la 145, pour se ras-
sembler ici. Parfois, il y en a plus de cinq cents,
c'est l'événement de l'année.

— Pourquoi ont-ils choisi Norwood?

Avec un soupçon de condescendance et
d'ennui, la femme répond :

— Je ne me suis pas posé la question, mais il
me semble que ça n'est pas compliqué. Jetez un
regard à la route, vous comprendrez. Il n'y a personne ici, c'est plat, c'est tout droit, jamais de
flics, pas de feux rouges, le terrain idéal pour
rouler à l'aise, un tapis, du billard. Le rêve de
tout possesseur de Harley.

— Bien sûr, dis-je, mais des espaces comme
ça, il y en a plein dans tout l'Ouest, non?

Elle hoche la tête.

— Bien sûr, répond-elle, mais ça n'est pas
moi qui leur ai demandé de venir. Le rassemblement, aujourd'hui, c'est sérieux et organisé,
mais au départ ils ont dû aimer cet endroit,
parce qu'il correspondait à quelque chose. On

142

me dit qu'il y a toujours eu des Harley à Norwood.

Je n'ai pas voulu lui parler de la fusillade, le règlement de comptes qu'il y avait eu dans les bois, pas loin d'ici, à West Beaver, pendant mon été. Je me suis assis et j'ai regardé les images de tous les Angels accrochées au mur. La grosse dame aux cheveux roux et aux yeux clairs m'a interrogé :

— Vous les trouvez beaux ? Ils sont beaux, n'est-ce pas ?

— Oui oui, ai-je dit, bien sûr.

Je n'allais pas la contredire. Moi aussi, à l'époque, j'avais trouvé que, les yeux enfoncés dans leur orbite, la tignasse de cheveux qui dissimulait une partie de son haut front, la barbe drue et les pommettes hautes et gonflées comme celles des Indiens de Bill, son regard, cet éclat métallique dans l'œil qui semblait dire : « Je suis prêt à attendre la violence, je sais ce que c'est », étaient une incarnation de la beauté. Ce colosse taciturne m'avait fasciné, je l'avais admiré sans comprendre que c'était un délinquant. J'étais innocent, je suivais ce personnage secret avec une sorte de révérence. Sa nature criminelle m'avait échappé. Il nous avait tendu la main et aidés pendant l'été, contribué à ce que les plus faibles d'entre nous continuent de faire leur travail. Dans ma mémoire, encore aujourd'hui, je

143

ne peux pas entièrement rejeter la fascination qu'il exerça sur moi, mais je ne pourrais répondre à la dame et lui dire qu'il incarnait la beauté. Il était primitif et brut, contrasté, il représentait la violence.

La Beauté, aurais-je pu dire à la dame, je l'ai trouvée dans mon rendez-vous, ici, dans les fleurs bleu et violet, les clématites, ou bien celles aux pétales rouges rayés de brun que j'ai cueillies dans les éboulis des rochers au bord de la Vallée perdue. Ces anémones, aussi, ces narcisses blancs, comme le blanc de la corolle d'une autre sorte de fleurs qui poussent sur ce que l'on appelle les « raisins d'ours » — arbrisseaux nains aux baies rouges et globuleuses, farineuses, qui sont comme de véritables bonbons pour notre ami l'animal. Leur corolle, en forme de cloche, avec sa marge rosée, offre un blanc d'une pureté confondante, de la neige en été.

La Beauté, je l'ai contemplée avec les troupeaux d'élans, quand j'ai cru pouvoir franchir le rideau qui me séparait d'eux, dans l'herbe grasse. Quand les petits fragiles et graciles de ce troupeau, dont les taches claires ressortaient sur leur robe brunâtre, surgissaient derrière chaque boqueteau. Tous les matins, dans le ciel sans nuages, je l'ai vue et entendue, la Beauté, aussi bien dans le frisson des herbes que dans le chant des aspens. Je n'avais pas attendu le Colorado pour reconnaître d'autres sortes de beauté, et s'il en est qui émane des visages, ça n'était plus, pour moi, celle d'un bûcheron mystérieux nommé Bill, dont la vie allait finir dans la violence. C'était bien plutôt dans les gestes des femmes qui s'étaient penchées vers moi, lorsque malade, impuissant, j'attendais tout d'elles.

Elles ne savaient pas qu'elles étaient belles, je ne pouvais penser en ces termes — on ne pense pas quand on est en réa, on n'a aucune idée, seulement des émotions et des sensations. La beauté de ces pourvoyeuses d'espoir et de vie, je la situe aujourd'hui au-dessus de toutes les autres. J'ai tenté, un soir, de l'expliquer, alors que je participais à un colloque sur la douleur dans un hôpital. Je ne suis pas très doué pour les colloques et, une fois mon récit paru, après avoir répondu à plusieurs sollicitations, il m'est venu ce sentiment que je risquais de devenir un « spécialiste » et que j'allais succomber à la tentation de disserter, élucubrer et m'y complaire — oui, m'y complaire, car il existe une complaisance chez l'homme qui a guéri et s'en est sorti, il s'en sert, c'est sa dernière manière, peut-être, de conserver un lien avec une expérience qui aura été essentielle. J'ai donc décidé de cesser de causer en public, mais ce soir-là, en cette ultime occasion, je l'avais fait avec maladresse. J'essayais d'évoquer devant un parterre exclusivement composé de responsables de soins, experts en douleur, une majorité de femmes, ce qu'avaient signifié ces visages penchés au-dessus du mien, et dans un envol qui se voulait lyrique, j'ai comparé les infirmières à de «véritables Vierge Marie».

Un rire poli, un murmure de rire, qui faillit se transformer en éclat de rire général, parcourut la salle. Œuvrant chaque jour dans les difficultés de leur vie hospitalière, ce sacerdoce sans gloire qui s'appelle, judicieuse définition, l'assistance publique, ces femmes avaient sans doute jugé que ma référence était extravagante, déplacée. Sur-le-champ, pour atténuer l'effet de mes mots, j'ai mis cette comparaison sur le compte des médicaments qui avaient déformé ma vision et mon jugement. Le rire de l'assistance pouvait aussi traduire un réflexe collectif de pudeur : «Ne nous idéalisez pas, soyez réaliste.» Avais-je poussé trop loin l'image ? Je n'en suis pas sûr. L'innombrable représentation que peintres et sculpteurs ont donnée à travers les siècles du visage de la Vierge n'est jamais qu'une conception de ce qu'est la Beauté, et ma lourde phrase voulait simplement dire la même chose : il y a, dans le visage et dans le geste d'une femme qui assiste son prochain, la Beauté que nous prêtons à celle qu'on appelle Marie.

Et cette beauté-là n'a jamais existé dans le visage de mes Hell's Angels. Je pouvais difficilement en parler avec Karen, à qui, poliment, j'ai dit au revoir et merci, en lui demandant de me répéter son prénom.

— Eh bien oui, c'est écrit sur la façade du restaurant.

— Il y en a beaucoup de Karen par ici, dis-je. C'est le prénom de la région.

Elle a eu un petit rire bref :

— C'est vrai, mon bon monsieur. Karen, dans la région, c'est pas un prénom de riches. C'est le prénom des femmes qui bossent.

Sorti de chez elle, marchant dans l'unique rue déserte de Norwood, une nouvelle vague de «retour dans le temps», une nouvelle réminiscence s'avance : Karen, où était-ce, qui était-ce ? Un visage se fait jour, émergeant de la brume de la mémoire.

21

Le noir et le rouge

Norwood, commune plate et vide, sans grand relief, perdu au fin fond de l'Ouest, est donc en train de devenir pour moi le prétexte à une réévaluation. Ainsi, me dirigeant vers le Lone Cone Cafe, je me dis que ce qui manquait le plus à Bill ce primitif, ce qui nous manquait à tous, et à moi qui m'efforçais de ressembler à ces primitifs, c'était la tendresse.

Quand je pousse la porte en bois lourd du Lone Cone Cafe, j'entre dans un espace sans tendresse, un périmètre sans amour. Il n'a pas non plus changé, depuis le temps, et il demeure, dans cette bourgade d'apparence terne, un lieu surprenant. Tout y est sombre, rouge foncé, la lumière du jour ne pénétrant par aucune fenêtre. On venait ici pour boire, ça n'était pas un salon pour dames. C'était brut, comme un steak cru.

Tout tourne autour du comptoir. Tout est

organisé pour que ce large et long volume de bois, masse unique taillée dans le tronc géant d'un grand arbre, attire et arrête le client. Les tabourets ronds, sur leur colonne de métal, sièges en cuir foncé, vous attendent. Derrière le bar, un homme à l'œil gauche barré par une étoffe de toile noire, comme le bandeau des pirates borgnes d'autrefois, un attribut que l'on ne voit plus souvent. Dans son dos, alignée sur des rayons aussi grands que le comptoir, une centaine de bouteilles d'alcool de toutes marques, toutes origines et toutes saveurs. Au-dessus des rayons, pendu aux murs sombres, je reconnais le tableau, style peinture naïve aux couleurs ocre, vert vif, une sorte de montagne orangée, avec un coucher de soleil et, au premier plan, une nature luxuriante et polychrome.

Le borgne est d'origine galloise, tout jeune, pas plus de trente ans. Il a racheté le Lone Cone Cafe, mais il n'a rien voulu modifier du décor, et lorsqu'il a fallu renouveler les accessoires, il l'a fait en restant conforme à l'esprit des pièces originales. L'endroit date du mois d'octobre 1940. Quand je lui dis que j'ai passé, à ce comptoir et sur ces banquettes, de l'autre côté de la salle, dans l'arrière-salle adjacente, la plupart des soirées du samedi d'un été lointain, il m'offre une bière, une Coors, en articulant :

— *Welcome back.*

Il raconte avec fierté l'historique de ce comptoir, l'énorme morceau de pur acajou transporté depuis l'est du pays jusqu'à Norwood, à dos de mulets, par la route de côte le long du canyon, quelques mois avant qu'on ferme ladite route pour l'hiver puisque, dans ces années-là, l'hiver à Norwood se déroulait en quasi-autarcie. Le comptoir est devenu une véritable attraction, la seule du bled. Les hommes aiment s'y accouder, passer leurs mains le long de cette surface luisante, noir et rouge, ce témoin d'un demi-siècle de beuveries, ce socle muet sur lequel, comme dans un miroir, se sont reflétés les visages de ces multiples solitudes ou, au contraire, de ces complicités, camaraderies, alliances provisoires entre hommes rugueux. Si le comptoir pouvait renvoyer non seulement ces visions mais, mieux encore, les mots prononcés par tous ces passagers du temps, il restituerait la musique d'un monde sans douceur.

Je n'ai pas besoin de beaucoup les imaginer. Il suffit que je m'installe en bout de comptoir pour que tout reprenne forme. Nous arrivions, après avoir fait arrêt au Norwood Motel à l'entrée ouest du patelin, où l'on nous permettait, contre quelques dollars, de prendre une douche chaude qui nous débarrassait d'une semaine entière de sueur, ratigue, crasse, insecticide. Un bruit assourdissant nous accueillait quand nous entrions car le bar était déjà presque plein d'autres ouvriers forestiers, plus privilégiés que nous, ayant profité du premier camion GMC en partance pour la ville. Ils avaient une heure d'avance sur nous. Une heure, et plusieurs verres. Il fallait vite rattraper ce retard, boire vite et fort, à allure accélérée pour atteindre un état d'ébriété, la tête éclate, la chaleur vous envahit, cette chaleur qui se mariait avec les couleurs sombres et rouges de l'endroit.

Évidemment, c'est un décor romanesque et exotique, a fortiori pour une sensibilité européenne. Je saisis, en le revisitant, l'ambiance et la singularité du Lone Cone — ce qui m'était, en grande partie, impossible à l'époque. Je savais que je vivais en plein romanesque, mais je n'avais aucun recul, aucune distance, aucune réflexion. Je vivais le présent. L'instinct primait. Mon manque d'assurance au sein de cet univers dangereux et physiquement éprouvant me poussait à faire de la surenchère dans la bravade, dans la volonté d'affirmer mon ego de jeune mâle. La semaine entière passée là-haut dans l'Uncompahgre, respirant à la fois le pur oxygène de la forêt et la néfaste vapeur de l'insecticide, m'avait fait emmagasiner toutes sortes de frustrations et d'envies. J'étais sujet à n'importe quelle influence, je vivais à l'unisson de mes compagnons, j'aurais même voulu emprunter leur peau. Pourquoi essayais-je autant de leur ressembler, adopter leurs mimiques et leurs démarches, leur roulement d'épaules, l'insolence de leur sourire, la grossièreté de leurs propos, une fois la cinquième bière et le cinquième godet de scotch avalé, quand la tête explosait ? J'avais donc tellement envie et besoin de me détacher de ce qui avait été une enfance protégée, heureuse, dominée par ce sentiment absent de Norwood : la tendresse ? Était-ce une ultime manière de couper le cordon, comme on dit de façon expéditive et familière — s'agissait-il d'un rite de passage ? Toute jeunesse connaît son rite initiatique, et les leçons de ce rite sont à la fois positives et négatives.

Après l'alcoolisation brutale et systématique, les groupes se scindaient. Certains, disposant d'un véhicule, partaient vers Montrose à leurs risques et périls, puisque le conducteur n'était pas moins soûl que les passagers. Là-bas, à cinquante miles de là, ils trouveraient peut-être des filles difficiles, mais en cherchant bien, les plus obstinés prétendraient en avoir trouvé. Ils pouvaient s'arrêter à Ouray, dans d'autres bars, où une humanité presque identique, composée de professionnels du bois, de routiers et de cowboys des ranchs avoisinants, les accueillerait. Mais on pouvait aussi rester au Lone Cone Cafe et entamer la deuxième partie du samedi soir : le repas. Le corps imbibé d'alcool réclamait de la nourriture. Nous avions avalé tous les jours, au déjeuner sur le terrain, trois sandwichs au fromage ou une variété de viande suffisamment coriace pour qu'on l'ait surnommée « bite de cheval », ainsi qu'une orange, et le souvenir de cette sévère pitance nous guidait vers l'objectif ultime de l'expédition : le dîner dans l'arrière-salle du Lone Cone.

Elle était telle que je la retrouve. Partagée en deux. À côté, une petite pièce occupée par une table de billard, qu'on dégageait pour les soirs du samedi. De l'autre, la salle à manger composée de tables et de banquettes, en forme de compartiments. Même choix, intentionnel ou pas, de couleurs sombres, tirant sur le vert bouteille ou sur l'ocre noirci, même ambiance obscure et confinée. La salle est vide en cette matinée, et je m'assieds dans l'un des compartiments, sur l'une des banquettes de cuir usé, et je vois bien pourquoi ce manque de tendresse me taraude autant depuis que je suis arrivé à Norwood. Je vois réapparaître quelques scènes, quelques visages totalement occultés jusqu'ici.

22

Les quatre types de mémoire

De tous les mystères qui entourent l'homme, de tous les miracles aussi, il en est un sur lequel le chercheur bute, malgré d'immenses progrès : celui de la mémoire.

Comment rassemblons-nous toute l'information, entassons-nous toutes les images et sons qui font la trame d'une vie ? Dans quelle partie de notre cerveau s'inscrivent-elles, s'archivent-elles et selon quelle règle ? Qu'est-ce qui préside à l'organisation de ce labyrinthe ?

Il y a cent milliards de cellules nerveuses dans notre cerveau. Et un nombre un peu moins grand, mais tout de même spectaculaire, de circuits qui relient ces cellules entre elles. Il n'est pas impossible que le stockage de l'information, l'accumulation du savoir se produisent dans les neurones, mais il n'est pas impossible non plus que l'identification, le classement, la restitution des souvenirs se fassent à travers tout le système cérébral. Mais ce n'est pas, pour l'heure, ce qui m'intéresse le plus. Ce n'est pas où s'emmagasine le savoir, mais plutôt pourquoi tel type de souvenirs demeure, tel autre s'enfouit jusqu'au jour où il refait surface ? Et pourquoi, alors, refait-il surface ?

D'après l'une des plus grandes autorités de la recherche sur la mémoire, un Allemand, le professeur Markowitsch, il existerait au moins quatre modes de mémorisation :

• la mémoire dite « épisodique » ou « autobiographique ». Dans cette mémoire-là, nous conservons toute notre expérience vécue, sans doute, d'ailleurs, en ordre chronologique. Toute ? Oui, mais comme il est impensable de vivre au jour le jour avec une telle charge, la mémoire entasse et conserve. Le poids est comme au fond de l'eau, seuls des événements liés à des émotions fortes parviennent à le faire revenir à la surface ;

• la mémoire dite du « savoir », ni émotionnelle ni affective. Des connaissances d'ordre général, ce que nous apprenons au cours de nos études, mais aussi des codes, des chiffres, des numéros ;

• la mémoire dite « procédurale ». Les procédures d'action que l'on met parfois du temps et de la peine à apprendre mais dont on dit : « Ça ne s'oublie pas. » D'où la phrase : « C'est comme le vélo, ça ne s'oublie pas. » C'est compliqué à apprendre, surtout au stade de l'enfance, mais cela ne se perd pas. Conduire, skier, piloter, jouer au tennis, taper sur un clavier. Cela peut disparaître, s'atténuer, mais selon le besoin ou l'occasion, cela revient ;

• la mémoire dite du *priming* — jargon anglophile. *Prime* signifie premier, primordial, et il s'agit donc là du type de mémoire qui engrange parfums, couleurs, formes, la base de nos sens. Cette mémoire est capable de libérer des souvenirs plus ou moins nets, tous reliés cependant au domaine des sensations.

Toujours d'après le spécialiste allemand, les quatre types de mémoire, dont la capacité de stockage n'est pas mesurable, peuvent agir les uns sur les autres et ne sont pas distincts ou distants. Il n'y a pas de cloisons, même si l'on parle ici de cellules et, par conséquent, les systèmes en question peuvent s'influencer, s'interpénétrer. Voilà pourquoi le labyrinthe de notre mémoire est si complexe, si étonnant, et voilà pourquoi, malgré l'émergence et la domination de l'ordinateur, la mémoire humaine conserve une supériorité et un mystère. Puisque aucun outil, le plus sophistiqué, le plus avancé soit-il, ne pourra se substituer à ce qui est humain. La mémoire de l'homme a un cœur, une âme, une conscience. Elle fait partie de notre tout.

Il me semble que le rendez-vous de Norwood a éveillé les deux systèmes de mémoire les plus humains, les plus affectifs — celui de l'«autobiographie», et celui du «priming». L'étrange décor en couleurs sombres du Lone Cone Cafe, la conservation intacte de l'endroit avaient été précédés par trois jours de retrouvailles avec les odeurs, formes, effluves du pays entier, ses forêts, ses prairies et son ciel. Le tout a culminé dans cette petite salle à manger pour faire revenir du fond du stockage un élément vécu, quelques scènes de la chronologie minutieuse de ma vie, qui n'étaient jamais remontées en surface.

On emmagasine tout. Mais on ne se souvient pas de tout. Lorsque le souvenir fait irruption, lorsque s'ouvre une des cellules les plus minimes de l'immense magasin intérieur, lorsque surgit le petit morceau de vécu que l'on avait enfoui au plus profond de soi parmi des myriades de secondes de vie quotidienne, il faut se dire qu'il a un sens, alors. Comme les clapets de l'écluse, une fois levés, laissent déferler sans possibilité de retour les eaux du canal, les clapets de la mémoire s'entrebâillent, et tout va bientôt s'éclaircir et couler, comme l'eau.

23

Le kérosène et le cerisier

La tendresse, avec de la chance, elle se reçoit et s'imprime en vous à l'aube de la vie. Indispensable nourriture humaine, elle commence à l'enfance. Tendre est l'attente de la mère pour l'enfant qu'elle porte. Tendre, ensuite, sera l'attente de l'enfant pour la mère. Sa crainte de l'abandon, son besoin de la peau, la chaleur, la musique de la mère vont faire de son être un appel constant à la tendresse.

Il n'est pas conscient de la tendresse illimitée qui émane de sa petite existence. Les adultes, les parents s'en nourrissent et la lui renvoient. Il a suscité cette pulsion bienfaisante, réparatrice, cette forme soulageante et douce de l'amour, ce refuge, cette nécessité.

J'associe ce mot à l'enfance mais on ne peut limiter un sentiment aussi universel au simple échange entre un enfant et un adulte. Il existe toutes formes de tendresse, toutes preuves, et le seul geste d'une tête qui se penche et s'appuie sur l'épaule, le seul passage du dos de la main sur une joue, le seul regard échangé entre deux personnes qui s'aiment ont la même valeur et signification. Les poètes et les écrivains ont transcendé le terme, et nous savons qu'il y a des paysages et des saisons qui suscitent la tendresse, et nous savons par Fitzgerald citant Keats, que « tendre est la nuit », et nous savons aussi, a contrario, que le monde et la société dans lesquels nous vivons sont un déni de tendresse — comme il y a un déni de justice.

Cette belle pulsion propre à l'homme ne joue aucun rôle dans la conduite du monde. Le mal et la violence, le profit et la vulgarité, la domination de l'argent et la réduction de la culture, la destruction de la stratosphère, la déprédation de la terre, la démesure dont parlaient déjà les Anciens et qu'ils avaient pourtant déjà commencé à pratiquer pèsent d'un poids infiniment plus lourd que ce malheureux petit frémissement du cœur. À peu près aussi lourd qu'une tonne de kérosène comparée aux pétales d'une fleur de cerisier.

Nous n'avons pas vu la tendresse sur les masques de ceux qui se réunissaient pour décider de l'état dans lequel ils laisseraient le monde à leurs enfants. Nous avons vu ou cru voir la préoccupation, l'inquiétude, derrière les bonnes intentions. Il est vrai que ça n'est pas à coup de tendresse qu'on rétablira la couche d'ozone, ou qu'on arrêtera de déboiser les poumons de la planète, ou qu'on endiguera les massacres. La tendresse ne se décrète pas.

Nous avons entendu l'appel à plus de tendresse, nous l'avons déchiffré sur les visages anonymes de ceux qui se réunissaient pour déplorer la perte de leur idole; ceux qui marchaient, vêtus de blanc, pour protester contre l'horreur d'un crime horrible; ceux qui marchaient, aussi, pour refuser l'acte terroriste. Aucune de ces foules ne prononçait le mot tendresse, puisque, à notre étonnement, elles marchaient sans slogan, sans cri, mais leur mouvement profond n'était pas seulement une manière de dire : «Nous voulons être dirigés autrement», c'était aussi, et avant tout, l'inconsciente et multiforme prière pour un retour à plus de compassion — dont la tendresse n'est qu'une des manifestations. Et le silence de chacun de ces millions d'anonymes était plus tonitruant que le fracas des moteurs d'un Boeing au décollage, et si chacun de ces millions d'anonymes avait été représenté par le pétale d'une fleur de cerisier, peut-être, alors, après tout, aurait-il pu égaler ou dépasser en poids la tonne de kérosène.

Sur son lit de vieillesse, un philosophe anglais

prononce quelques dernières phrases. Autour de lui, les disciples attentifs et anxieux souhaitent qu'il exprime une ultime pensée majeure. Il lâche ces mots simples : « Essayez donc d'être un peu plus tendres. »

24

À quoi ressemble la tendresse

Il me revient en mémoire une scène de tendresse, dont j'ai été le témoin, dans l'été 44, alors que la libération de la France venait tout juste d'avoir lieu. Le souvenir du décor et des figurants est plutôt flou. J'étais un petit garçon — mais l'image de tendresse, l'instantané, comme on dit en matière de photographie, est restée inscrite dans ma mémoire.

C'était, je crois, sur un terrain de sport désaffecté, non loin du stade de Sapiac, à la lisière de Montauban, au bord du Tarn. Je crois me souvenir qu'il y avait de la boue, il faisait un ciel lourd et blanchâtre, et l'on pataugeait entre les véhicules et les gens dans un désordre tranquille, sans éclats de voix. Les soldats de la région, devenus démobilisables, étaient regroupés pour les dernières formalités et aussi pour retrouver les leurs. Une table au centre du terrain, juchée dans le limon charrié par le fleuve avoisinant, une chaise, quelques officiers en uniforme, des papiers, des appels de noms, des groupes qui se forment. Il y a foule, on dirait que toute la ville est là. Des effusions brèves, rapides, des larmes étouffées aussi. Tout le monde n'est pas rentré.

Mon père et ma mère sont descendus de la villa parce qu'il leur a été dit que différents corps d'armée seraient représentés et qu'on pourrait y croiser des combattants venus de nombreux champs de bataille. Ma mère est sans nouvelles, depuis longtemps, de son frère qui a fait la campagne d'Afrique avec la 1re DFL et dont elle croit savoir qu'il a participé, ensuite, aux opérations de la reconquête de l'Italie avec les forces alliées. Nous avons accompagné nos parents, nous les suivons à quelques mètres de distance dans leur recherche de renseignements. Mon père mène l'enquête, interroge, interpelle un peu au hasard, un peu, aussi, à la tête du combattant. Sans doute sait-il reconnaître les hommes qui reviennent de loin, aux galons et écussons qu'ils portent, et ensuite à leur allure, à cette lueur hantée dans le regard de ceux qui ont tué d'autres hommes, ou vu leurs compagnons blessés, anéantis. Le vent de la guerre n'a pas encore fini de souffler sur eux.

C'est ce vent, indéfinissable, ce mauvais pressentiment qui semble s'être emparé de nos parents à mesure qu'ils déambulent à travers les files de soldats de manière plus agitée, impatiente, presque frénétique. Les enfants que nous sommes ne saisissent que partiellement l'atmosphère paradoxale du lieu, décor pour certains de retrouvailles heureuses, pour d'autres de deuil immédiat — mais c'est en observant l'insistante et anxieuse quête d'informations de notre père que nous nous pénétrons bientôt de la solennité qui flotte au-dessus du terrain vague. Notre mère qui marche à ses côtés, quoiqu'un peu en retrait, a pris, elle aussi, le parti d'aborder les inconnus. L'homme et la femme se répartissent les questions. On entend des répliques brèves :

— Connais pas.

— J'ai pas fait cette guerre-là.

— Peux pas vous renseigner, madame.

Mais voilà qu'un homme se retourne. Il a le visage piqueté d'une barbe mal rasée, prématurément grise, la mâchoire barrée de rides verticales qui font comme les marques d'un fusain noir sur ce faciès pâle. Le col de sa vareuse de drap kaki relevé contre sa nuque, il porte le calot penché sur le front, la pointe cassée, à la façon voyoute des baroudeurs ou des je-m'en-foutistes. Il n'attend pas pour répondre :

— Magny? Le commandant? Il a été tué à Monte Cassino.

Ma mère n'a pas eu le temps d'enregistrer le coup que mon père s'est emparé d'elle pour la serrer fermement contre son corps. Il l'entoure de ses deux bras et la tient ainsi. Au milieu du va-et-vient de soldats, officiers, familles, dans la confusion des camions et des voitures qui peu à peu commencent à quitter le terrain en soulevant éclaboussures et giclures de boue, les voici moulés en une seule forme, un seul bloc. Le militaire à la mâchoire barrée de rides n'a pas bougé. Mains dans les poches de son manteau, il reste à côté du couple. Dans quelques minutes, il s'excusera de la brusquerie de sa réponse, il ne savait pas à qui il s'adressait, il livrera ensuite quelques détails qui confirmeront son information — il y était, lui aussi, à Monte Cassino et il a assisté à l'assaut final donné par le commandant Magny, dans la bataille de Liri. Pour l'instant, il se tait et attend. Comme nous, les enfants, qui connaissons la pudeur de notre père, sa réticence maladive envers toute démonstration en public, laquelle a toujours contrasté avec la souveraine chaleur de notre mère, ses gestes constants d'amour. Nous les regardons, ayant d'instinct reculé de quelques mètres.

Le temps ne compte pas pour ces deux êtres, pas plus que la présence des gens qui les contournent, s'écartent, ou jettent vers eux un regard furtif. Non seulement il la soutient, il lui caresse les cheveux, il lui murmure des mots que nous ne pouvons entendre, mais il y a sur ce visage habituellement sévère, contenu, comme un doux rayon qui passe. Il est de plus haute taille qu'elle et il me semble qu'il dissimule en partie à nos yeux le chagrin de sa femme, mais elle a redressé la tête, et, surpris, je vois qu'au-delà de ses larmes, elle lui renvoie la même tendresse. Avec sa générosité naturelle, sachant qu'il partage sa peine, elle lui restitue son affection et sa compréhension, en harmonie. Et je conserverai l'image de ce couple enlacé qui se dressait debout, dans les morceaux de terre humide et grasse des eaux du Tarn, comme une représentation de cette tendresse sans quoi hommes et femmes respirent mal, ne respirent pas.

25

La jeune femme
au visage grêlé (quatre)

Lorsqu'il avait appris que, pour une durée de deux mois, la région habituellement désertée autour de Norwood serait investie par à peu près quatre cents ouvriers temporaires, disséminés dans deux camps de toile dans les hauteurs au pied de l'Uncompahgre National Forest, employés par l'US Forest Service, le patron de l'époque du Lone Cone Cafe s'était frotté les mains.

Par le bureau local de Norwood, il obtint l'emplacement exact du camp : West Beaver à vingt miles de là, près d'un pic nommé Lone Cone, d'après lequel avait été baptisé son établissement, et il y vit un signe supplémentaire de la bonne fortune qui s'offrirait à lui le temps d'un été. Il suffisait de lire la carte pour se rendre compte que Norwood serait le premier arrêt de tous ceux qui, le travail achevé, voudraient boire quelque chose de frais et manger quelque chose de décent. Il s'entendit avec plusieurs grossistes de Ridgway, Ouray, Montrose, pour s'assurer qu'il ne serait jamais à court de bière, whisky, nourriture, et il négocia un accord direct avec le ranch le plus puissant de l'époque, le Sawdust. On y élevait des dizaines de milliers de têtes de bétail, du meilleur bœuf, du vrai *Colorado beef* qui fournit des T-bone steaks juteux, épais, surdimensionnés, de quoi satisfaire les plus affamés des forestiers.

Mais il fallait aussi de la main-d'œuvre supplémentaire pour ce qu'il entrevoyait comme la plus belle saison commerciale de sa vie. Sur le chemin du retour, à Placerville, sur la 145, il fit escale dans un diner's et bavarda avec son collègue, un petit homme au regard bienveillant.

— J'aurais bien quelqu'un pour vous, lui dit celui-ci, qui s'appelait Massey. Elle est habile, rapide, ne fait pas d'histoires.

— Alors, pourquoi vous ne la gardez pas ?

— Il y a des flics de l'État qui l'ont interrogée l'autre jour à propos d'un homme qu'elle avait autrefois fréquenté, un de mes clients. Il a disparu. Une histoire d'Indien tué.

— Et alors ?

— Alors, nous l'aimons bien ici. Il y a longtemps qu'elle est avec nous, elle vit dans un trailer avec sa mère le long de la San Miguel River, nous ne voulons pas la perdre, mais je me dis que ça lui ferait peut-être du bien de dégager un peu et monter jusqu'à Norwood. Ils lui foutront la paix, là-haut. C'est tellement paumé votre bled! Je vous la reprendrai à la fin de l'été, et en échange, vous m'envoyez vos clients quand ils descendront dans la vallée, pour aller dans les plus grandes villes, à Montrose.

— Elle serait d'accord?

— Demandez-lui.

La jeune femme au visage grêlé savait que Jimmy ne reviendrait pas dans la région. Elle y pensait, mais elle avait repris une vie sans surprise, la routine. Les jours de congé, il lui arrivait de se diriger, au volant de la vieille Chevy, vers le Mac Keever Reservoir. La scierie était fermée maintenant, mais en enjambant une barrière à moitié brisée, elle pouvait retrouver le chemin de la rivière. Elle s'asseyait dans l'herbe parsemée de fleurs et regardait couler l'eau.

Lorsque sa mère et elle avaient décidé d'interrompre leur errance à travers l'État et de se fixer dans cette partie du pays bleu, la jeune femme au visage grêlé avait pensé que son grand « projet » était achevé. Elles étaient au contact des arbres, de l'air pur, des montagnes. Elles avaient rencontré une période de sérénité et de calme. L'histoire d'amour avec Jimmy avait été un accident inattendu, un cadeau qu'elle avait reçu en secret, personne ne l'avait su, et maintenant, il fallait vivre les jours les uns après les autres, sans grand espoir d'une nouvelle offrande, mais ça ne la troublait pas. Elle avançait sans illusions, et elle dormait sans rêves.

Au-delà de la rivière, sur l'autre côté, la végétation se faisait plus sauvage et plus désordonnée, vite envahie par les conifères. Mais un premier tapis de fleurs multicolores bordait l'eau, donnant l'impression qu'une sorte de frange avait été cousue sur le grand tissu vert et bleu uni qui ensuite enveloppait le paysage et montait jusqu'au ciel. La jeune femme ne connaissait pas tous les noms de ces éphémères, mais depuis le temps elle avait appris à en reconnaître quelques-unes parmi celles qui formaient le fond de décor de cet endroit, pour elle privilégié. La primerose du soir, grande, rouge, virant sur l'orange dès le deuxième jour de sa courte existence, et la petite pipsissewa, la favorite des gens du pays. Son nom, dérivé du langage des Indiens Creedes, *pipisisikwau*, veut dire « se brise en tout petits morceaux ». Elle aimait cette fleur à cinq pétales roses avec, en leur milieu, une insolite boule vert émeraude, ronde et lisse comme une perle d'huître, grâce à quoi on peut distinguer la fleur au milieu des centaines d'autres de la région. La jeune femme avait la conviction que les tout petits morceaux de sa propre vie, maintenant sagement assemblée, ne pouvaient pas se briser aussi aisément que ceux de la fleur qu'elle se plaisait à contempler, de l'autre côté de ce qui avait été la rivière de son seul amour.

26

Descriptif d'une petite
entreprise américaine

Le clapet de la mémoire s'ouvre. Un rythme lent, mais régulier. D'abord, le décor. Ensuite, viendront les personnages.

Assis dans le compartiment, sur une banquette de l'arrière-salle vide du Lone Cone Cafe, à midi, je parcours l'espace de mes yeux d'aujourd'hui et revois la cérémonie du steak du samedi soir. C'était un chaudron, cet endroit, à l'époque. Aujourd'hui, calme plat et silence. Le patron borgne m'expliquera qu'à part quelques touristes et, naturellement, le rassemblement des motards embourgeoisés en juin, il n'y vient guère de monde. Pendant un été, pourtant, qu'il n'a pas connu, ce fut une petite succursale de l'enfer.

Le patron de l'époque, Cassidy, était un tenancier entreprenant. Il avait pris la précaution de disposer, à l'angle de la route goudronnée que rejoignait la piste de poussière et graviers — on l'appelle une *dirt road* — venant du camp, une pancarte clouée sur deux poteaux de bois et sur laquelle on pouvait lire : «Plus gros steaks du pays. Bières. Bienvenue campeurs.» Mais il n'eut pas longtemps besoin de ce balbutiement publicitaire. Le bouche à oreille avait fait rapidement son œuvre et, dès les premières semaines, il fut acquis, en effet, que malgré le vide et la tristesse foncière de Norwood, il y avait bien un lieu où l'on pouvait à satiété manger la meilleure viande de bœuf du monde. Comme Cassidy ne faisait pas les choses à moitié, il avait mis au point un système de rotation, qui lui permettait en une soirée, de dix-huit heures à plus de minuit, d'assurer quatre à cinq services.

La rapidité du système reposait sur sa simplicité : un plat unique, T-bone steak, arrosé d'une sauce aux oignons, baignant dans le beurre et dans les patates chaudes. Pas d'entrée ni de dessert. On finissait au café, arrosé d'alcool de grain, et on laissait la table et la banquette aux prochains clients. Pour garantir un fonctionnement sans faille, le bonhomme avait renforcé son personnel, en salle comme en cuisine. On pouvait voir, par la porte à battants qui séparait la salle des cuisines, deux cuistots, manipulant la bidoche, armés de larges couteaux de bouchers, plongeant les louches dans les bassines de sauce, se brûlant les doigts au contact des énormes patates qu'ils ne prenaient pas la peine d'enrober dans du papier métallisé. Une fumée se dégageait qui gagnait en partie la salle, puisque, vitesse oblige, la porte ne cessait de battre dans les deux sens. Ça sentait la graille, l'os brûlé, la moelle qui frit, le beurre qui fond, l'oignon qui pique l'œil et le sang du bœuf qui vous enflamme les papilles. Car il n'était pas question de servir les steaks autrement que *very rare* — très saignant —, on ne vous laissait pas le choix. Et puis, lequel d'entre nous aurait osé demander son bœuf à point ou très cuit? Les vrais hommes mangent rouge, mangent bleu, mangent cru.

Ça sentait aussi, et précisément, les hommes. La fumée de leurs cigares bon marché à dix cents, des Burns ou des Panatella ou des Oliveros, la fumée de leurs cigarettes en papier Bull Durham qu'ils avaient roulées eux-mêmes, d'une main, au comptoir, pour épater le voisin, tout en gardant l'autre main sur le godet d'alcool. Ils avaient eu beau s'asperger de leur - after-shave Old Spice après la douche du motel, le travail opéré sur eux par l'alcool depuis leur arrivée au Cafe avait balayé toutes les coquetteries. Maintenant, on baignait dans la sueur, l'odeur des corps sous les chemises à carreaux, sous les chapeaux à large bord puisque nombre

174

d'entre eux gardaient sur la tête le chapeau du samedi, le beau chapeau de feutre blanc ou de daim noir, l'accessoire de luxe, le signe de leur appartenance au monde de l'Ouest, l'indispensable signe de reconnaissance avec, bien sûr, les bottes. Et puis, ça sentait aussi la bière et l'alcool, car on avait emporté les drinks entamés au comptoir pour les achever à la banquette, et si l'absorption des aliments calmait provisoirement l'inextinguible besoin de bière qui les avait tous saisis à peine arrivés du camp, ils en commanderaient tout de même d'autres. Certains, soûls, plombés au-delà de l'abrutissement, piqueraient du nez dans les grandes assiettes en métal — Cassidy n'avait pas sorti de la porcelaine — et il fallait toute la puissance de Pasquale pour les extraire du compartiment, les traîner jusqu'à la sortie, leurs visages tartinés d'oignons et de patates écrasées, afin de les laisser s'écrouler sur les lattes de bois du haut trottoir d'où ils commenceraient à vomir leur trop-plein d'alcool — s'ils ne l'avaient pas déjà fait dans l'arrière-salle, car cette odeur-là, aussi, parvenait parfois aux narines des clients.

Comme je crois l'avoir dit plus haut, l'endroit manquait de tendresse.

La description de ces samedis soir serait incomplète si je n'y ajoutais pas le bruit — le volume sonore, ce nuage de voix, d'interjections, de cris lancés d'une table à l'autre, prénoms, pronoms et surnoms, onomatopées plutôt que phrases construites, sur les tons qui variaient de la familiarité jusqu'au défi, concours de jurons, en un tumulte d'accents, puisque le camp réunissait une population venue du Sud, de l'Ouest, du Centre, et aussi de l'autre côté de la frontière mexicaine. Le vacarme était scandé par les ordres lancés en cuisine, soutenus en fond continu par les cliquetis irréguliers des couverts de métal sur les plats de même fabrication.

Pasquale dominait la brigade d'extras recrutée pour la durée de l'été par le père Cassidy. Il était chef de salle, un imposant Mexicain, tatoué sur les deux avant-bras, au front bas, aux sourcils épais sous lesquels brillaient des yeux froids et cruels. Il surveillait le passage des plats, le déroulement de la rotation et faisait office de gendarme-videur au milieu de cette assemblée d'où pouvait partir à n'importe quel moment un coup de poing, un éclat, ou plus souvent s'amorcer la piteuse dégradation d'un ivrogne incapable de se tenir. Pour assurer la bonne circulation des plats, Cassidy avait fait appel à trois serveuses qu'il ne faisait pas travailler en même temps. Le principe essentiel consistait à servir vite le plus de plats possible, car l'espace de l'arrière-salle était relativement étroit et il s'agissait

176

pour Cassidy que ses troupes soient fraîches, disponibles, et les filles se relayaient. La première faisait équipe avec la deuxième — puis passait le relais à la deuxième qui retrouvait la troisième, laquelle troisième était ensuite rejointe par la première, et ainsi de suite, jusqu'aux derniers clients de minuit.

Cassidy n'était pas bête. Lorsqu'il avait mis au point l'ensemble de son système qui lui permettrait, espérait-il, d'amasser une belle galette de dollars, il avait aussi envisagé l'effet que pourrait produire la présence de trois femmes sur des hommes confinés toute la semaine dans une forêt. Il pouvait compter sur le redoutable Pasquale, qui à lui seul saurait faire obstacle à toute tentative déplacée, mais plusieurs précautions valant mieux qu'une, Cassidy avait choisi ses serveuses comme il avait fait pour le reste de son initiative, avec astuce. La première serait sa propre épouse, Mrs Cassidy, une grande femme revêche, maigre, aux cheveux filasse réunis sous un catogan, aux gestes brusques, marchant de façon désarticulée, comme s'il lui avait manqué quelques éléments à la hauteur de son bassin. Tout le monde connaissait son identité. Elle avait autorisé les hommes à l'appeler par son prénom — Nora — mais ils s'adressèrent d'emblée à elle comme « Mrs Cassidy », d'abord parce qu'elle était la femme du patron, ensuite parce qu'ils reconnaissaient en elle, sans pouvoir la définir ainsi, l'incarnation de la douairière américaine, l'institutrice de village, la chef choriste du temple le dimanche, ou la préposée au bureau de recrutement où ces marginaux avaient attendu qu'on leur octroie un emploi provisoire. Dans chacune des vies de ces êtres incultes, il était passé une fois une Mrs Cassidy, juge castrateur de leurs faiblesses d'hommes.

La seconde serveuse était noire. Ronde, plutôt jeune, boulotte et sympathique, voire joviale, mais elle ne présentait aucun danger aux yeux de Cassidy et n'exercerait aucune attraction sur les boys du West Beaver, puisqu'elle était noire. Il avait eu du mal à la dénicher, car on ne rencontrait pas beaucoup de Noirs dans cette partie du pays, mais il avait de la ressource, et Mabel, aperçue chez un commerçant de Montrose, avait accepté de se déplacer pour deux mois — la paye était bonne — et de partager avec la troisième serveuse la chambre que Cassidy leur avait trouvée en ville — puisqu'il fallait bien loger ce personnel chez l'habitant, Norwood étant trop éloigné du domicile respectif de chacune.

Quant à la troisième serveuse, Cassidy considérait, là encore, qu'elle ne pourrait être cause d'aucun ennui au Lone Cone Cafe. Lorsqu'il l'avait vue à Placerville, chez son collègue Massey, il avait observé qu'elle pouvait servir avec promptitude et discrétion, se déplacer souplement entre les tables, savait garder ses distances avec les clients, tout en affichant amabilité et sourire, une vraie professionnelle. C'était une jeune femme blanche, célibataire, à la silhouette avenante et qui aurait pu, en principe, constituer la faille dans son système, mais Cassidy ne l'aurait pas engagée s'il n'avait pas été, dès le premier regard, frappé par son visage grêlé — une trace qui la rendait, selon le jugement du tenancier, suffisamment laide et, donc, suffisamment utilisable.

27

Où l'on retrouve
Santos-Montané

Je sors du Lone Cone Cafe comme abruti par les souvenirs. Il est midi, plein soleil et le village à une rue s'anime un peu. Deux touristes. Un couple de gens du coin. Une voiture.

Le *hardware store* de Norwood — le magasin d'utilités — continue de vendre, comme avant, tout et rien : pelles, fusils, lampes de poche, hachettes et boussoles, vêtements de travail, casquettes de forestier, mercerie, bimbeloterie, fournitures de base pour le ménage, sel et savon — indispensable fourre-tout des pays perdus de l'Ouest qui préfigurait ce que l'on appela, ensuite, et à tort, en Europe, les drugstores.

Mais un élément nouveau retient mon attention. Dans la vitrine, où s'étalent des revues spécialisées consacrées au rodéo et quelques albums de photos des sites touristiques de l'État, je remarque deux cadres en matière plastique rosâtre. Une phrase brodée au crochet pour l'un, imprimée en caractères à demi effacés sur du papier bleu pour l'autre. La première phrase :

À contempler tranquillement les choses tranquilles, pierres, arbres, tu peux parvenir à acquérir leur tranquillité.

L'autre :

Pour découvrir des choses nouvelles, reprends le chemin que tu as fait hier.

Les deux aphorismes sont signés : SANTOS-MONTANÉ.

À l'intérieur du magasin, j'ai l'impression qu'il est plus vaste, qu'on l'a élargi par le fond, en prenant sur le terrain d'herbes et de broussailles, à l'arrière de chacun des bâtiments trapus à un étage de la minuscule ville aux toits plats. Tout est aussi désordonné qu'avant, mais mieux éclairé. J'y remarque des rayons contenant quelques livres, recueils de poésie, textes de chansons, récits de la civilisation indienne qui n'auraient pas trouvé leur place ici, autrefois. À Norwood, autrefois, si l'on pouvait faire la différence entre un bon T-bone steak et un médiocre, je crois me souvenir qu'on ne savait guère à quoi ressemblait cet objet étrange, un livre. Derrière une caisse, lunettes et barbe, cheveux mi-longs, un homme au visage accueillant, les yeux sombres. Il s'appelle Mike. Je lui achète un petit couteau de poche fabriqué à Munro, au Texas, au manche en corne de bœuf, jaune foncé, à plusieurs lames, agréable au toucher et que Mike me vend dans une boîte verte à fond de velours. Le prix est très élevé. Mike le justifie, avec une volubilité surprenante pour un homme de l'Ouest.

— Nous en avons peu de ce style, dit-il. C'est un vieil artisan du Texas avec qui je suis entré en rapport. Il les façonne à la main, à son rythme, tout seul, pas plus d'un par semaine. Le profit ne l'émeut pas beaucoup. J'ai mis du temps à comprendre ce qui l'intéresse.

— Quoi donc ?

— Ne jamais créer le même objet. Faire que chacun soit différent. Pour toute créature, pour toute chose créée, aucune identique. Il n'y a pas deux feuilles d'aspen qui se ressemblent.

Après avoir prononcé cette métaphore, en y mettant le silence des guillemets comme si c'était une citation, Mike s'adosse au mur et me dévisage de son regard clair. Un sourire joue dans ses yeux. Il m'attend, semble-t-il. Le borgne du Lone Cone Cafe, la Karen du salon de thé

182

des Hell's Angels avaient mis du temps et de la distance pour entamer un court dialogue avec l'étranger que je suis, se conformant ainsi aux rites classiques du pays. Mike, dès la deuxième phrase de notre échange, a retourné le processus. Sa phrase est une invite, son œil est plein de connivence à l'amorce de ce qui pourrait devenir un jeu.

— On dirait, lui dis-je, on dirait du Santos-Montané.

— Ça se pourrait bien.

Satisfait que je sois entré dans son jeu, ma réponse lui plaît, mais il attend que je l'interroge.

— Vous le citez souvent, comme ça, à n'importe lequel de vos clients qui vous achète un couteau, Santos-Montané ?

Deuxième rire.

— Vous n'avez pas acheté n'importe quel couteau et vous n'êtes pas n'importe quel client.

— Qu'est-ce qui vous fait dire ça ?

Troisième rire du bonhomme.

On dirait que chacune de ses phrases, ou plutôt chacune de ses répliques à mes phrases, déclenche le même rire qui s'apparente plus à un gloussement étouffé, la bienveillante expiration du sage amusé. Il n'aurait pas l'âge qu'il paraît (une petite cinquantaine), son comportement évoquerait celui d'un de ces maîtres dont la posture de retrait face à l'interlocuteur indique sinon leur supériorité, du moins leur avance en connaissance et en expérience.

— Si vous croyez que je ne vous observe pas, derrière ma vitrine, depuis ce matin, avec vos cartes à la main, depuis que vous avez débarqué dans une jeep marqué au sigle du ranch RRL du comté de Ouray, avec votre beau chapeau tout neuf de cow-boy sur le crâne, vos arrêts, vos aller et retour devant les bâtiments, vos gestes pour faire signe à celle qui vous accompagne comme pour dire : « C'était ici. » Si vous croyez que vous ressemblez à quelqu'un du pays ou à un touriste, non, vous ressemblez à quelqu'un qui cherche quelque chose.

— D'accord, dis-je. OK.

— Vous croyez que je n'ai pas vite déduit que vous aviez déjà vécu à Norwood, que vous connaissiez le coin ?

— Comment cela ?

Il s'amuse. Il s'éloigne de la caisse, fait un signe amical à une jeune vendeuse qui doit prendre son relais et il m'entraîne à grands pas vers la partie livres de son magasin. Son ton est plus chuchoté, mais le débit aussi rapide.

— Attendez, dit-il. De la même manière qu'en s'installant calmement au sommet d'une colline, en observant sans compter les heures, on découvre qu'on était loin de connaître la diversité du paysage, ses creux et ses bosses, ce qui se cache entre arbres et rochers, je m'installe calmement derrière ma vitrine et je vous démasque, bout par bout. Et je me soumets à l'exercice, très enrichissant pour l'esprit, de la déduction.

— Par exemple?

— Par exemple, vous vous êtes beaucoup plus longtemps arrêté au Lone Cone Cafe que chez Karen. Vous êtes donc venu ici quand le Lone Cone existait déjà, quand le patelin était encore plus isolé et vide et que c'était le seul endroit où l'on puisse boire un verre. Quand vous êtes sorti, il n'y a pas longtemps, vous êtes venu vous planter devant ma vitrine, vous aviez l'air, comment dire, un peu sonné. Le soleil? On aurait dit un nageur qui a plongé longtemps dans les profondeurs.

Je souris.

— Dites donc, on voit vraiment tout ça derrière la vitrine d'un *hardware store*? Ou bien aviez-vous emprunté les lunettes télescopiques d'un de ces fusils que vous vendez au rayon « chasse et pêche »?

Mon élément d'ironie dans ce dialogue de découverte réciproque est une des règles du jeu et ne fait pas sourciller Mike. Il permet de repousser les limites, il lui permet de prendre le temps de silence nécessaire pour démontrer qu'il a enregistré mon incise dans le flot de sa démonstration, mais que cela ne le trouble en rien. Au contraire, cela le stimule et il enchaîne.

— J'ai un œil averti. Dans ma vie, j'ai chassé, et pas seulement les bêtes, j'ai enquêté. Vous vous êtes planté devant ma vitrine, penché à hauteur des deux cadres pour mieux lire les phrases qui étaient inscrites.

Je ne peux m'empêcher de l'interrompre :

— Je suppose que vous disposez vos cadres de façon suffisamment bancale pour qu'il faille effectivement s'agenouiller sur le trottoir pour les déchiffrer, ce qui vous permet alors de déceler le client pas comme les autres du passant ordinaire. Le lecteur de Santos-Montané du consommateur moyen.

Mike rit, mais cette fois il dépasse la tonalité ouatée qui était la sienne et son rire retentit dans le magasin, ce qui ne dérange personne, sans doute les habitués connaissent-ils le comportement de cet étrange personnage.

— Eh bien, voyez-vous, dit-il. Vous aussi, vous savez déduire.

— Je vous en prie, dis-je, continuez.

J'ai oublié de le décrire. Il mesure un mètre quatre-vingts, le ventre et les hanches ont pris quelque épaisseur, mais on voit qu'il s'agit d'une charpente forte, aux bras et épaules qui trahissent des années d'entraînement physique. Le curieux sage de Norwood n'est pas une

186

chiffe molle, son sourire de plaisir quasi juvénile est d'autant plus intéressant. La carrure athlétique, la barbe aux teintes ambrées, les cheveux de même couleur aux boucles un peu folles qui dansotent sur la nuque, les petites lunettes cerclées de fer gris clair proposent une allure contrastée et l'on ne sait pas ce que l'on doit retenir de cette impression double : force et certitude, poids, ou bien délicatesse, humour, sens inné du jeu.

— Je conclus, dit-il. Vous avez pris le temps de relire les deux phrases du maître. Vous avez tâté la poche de poitrine de votre saharienne. Personne ne se balade en saharienne dans le Colorado, pas plus en été qu'en toute autre saison. Les gens qui portent des sahariennes, ça veut dire qu'ils aiment avoir des poches pour mettre des choses dedans. Vous, vous y avez des stylos, un carnet de notes, et qui ne ressemble pas, si j'en juge à l'ensemble de votre allure, à un carnet pour tenir le compte de vos dépenses. Vous avez recopié les phrases sur le carnet, et puis vous êtes venu m'acheter un couteau et pas n'importe lequel.

— Comment ça ?

Mike secoue la tête comme si la démonstration n'avait pas suffi, comme s'il fallait que nous passions maintenant à une autre étape du dialogue.

— Il y a beaucoup de couteaux à vendre ici. Des gros, des petits, des moyens. Aucun ne possède, comme celui que vous avez tout de suite distingué et retenu, parmi la douzaine de couteaux sur le petit rayon, à l'entrée, aucun ne possède cette forme, ce fini, cette qualité démodée donc éternelle, cet air de venir d'ailleurs. Aucun ne parle comme celui-ci, puisque les objets parlent autant que les hommes.

À moi, désormais, de le pousser dans ses retranchements.

— Vous avez laissé échapper le mot : «J'ai enquêté.» Vous avez été flic dans une autre vie ? Détective ?

— J'ai fait beaucoup de métiers. J'ai enseigné, navigué, j'ai servi mon pays dans une guerre folle et atroce, et puis, à un moment, j'ai même porté l'uniforme de la police et j'ai travaillé pour des particuliers comme agent privé. Partout à l'intérieur du pays, Est, Ouest, Nord-Ouest, Sud.

— C'est dans l'Ouest que vous avez découvert Santos-Montané ?

— Si vous connaissez déjà ses écrits, il me semble que c'est le cas, vous savez très bien qu'ils n'ont pas été répandus ailleurs que dans cette partie précise du Sud-Ouest. C'est là que je l'ai rencontré.

Cet homme-là n'utilise pas les mots au hasard,

malgré sa propension à les égrener en nombre et en vitesse, en accompagnant ses phrases de gestes larges des deux mains, les ouvrant et les fermant à la manière des ailes d'un oiseau marin au-dessus des navires, amples et réguliers. Aussi dois-je relever son dernier verbe.

— Vous avez dit « rencontré » ?

— Oui, dit-il. Vous voulez connaître Santos-Montané ? Suivez-moi.

28

Les deux excès selon
Blaise Pascal

Nous avons atteint le fond de la salle dont j'avais imaginé, à peine entré, qu'il donnait sur l'arrière-prairie. Une large tapisserie indienne, rouge foncé sur jaune paille, zébrée et quadrillée de symboles, flèches et représentations d'animaux, séparait cet espace du reste de la boutique.

C'était une pièce de petites dimensions, décorée dans le même style que le tapis servant de rideau protecteur. Deux fauteuils de vieux cuir, un canapé de facture identique, du matériau ancien, des meubles ayant fait partie d'un lot dans une vente d'objets d'hôtels ou de wagons de chemins de fer, fin dix-neuvième siècle, époque des grands barons du bétail, du rail, de l'herbe, époque des années ultimes, de la totale prise en main du territoire par l'homme blanc. Aucun luxe, mais l'odeur des choses familières, vécues, usées par le temps. Les murs étaient recouverts de tapisseries Navajos, Utes, Hopis, Kiowas, selon les indications de Mike, qui aimait détailler origines et historique. Il semblait plus disert et expert à propos des Utes, ce qui me parut naturel, compte tenu de leur présence dans la région. Mike disait que les Utes, selon leurs mythes fondateurs, avaient formé une tribu d'hommes géants qui avaient été réduits à la dimension normale, donc naine pour eux, parce qu'ils avaient offensé le Grand Esprit.

— Comme les aspens avaient offensé le Grand Esprit, dis-je, ça aussi, c'est une légende Ute.

— Ah, vous la connaissez? Vous êtes allé les entendre palpiter dans les hautes vallées?

— Oui, c'est impressionnant.

— N'est-ce pas...

Il a réfléchi.

— On dirait qu'une majeure partie des mythes Utes tourne autour du thème de l'offense au Grand Esprit, l'irrévérence. Plus que pour d'autres tribus. On dirait qu'ils se sentaient plus coupables, plus faillibles. Je n'ai jamais trouvé qui que ce fût qui ait pu analyser cette caractéristique de leur culture.

— Pas même Santos-Montané?

J'avais volontairement relancé le nom, car depuis notre entrée dans ce refuge, marqué par l'univers indien, ce cocon douillet, l'homme n'avait plus mentionné le nom de celui qu'il avait pourtant appelé, dans sa démonstration de déduction, le « maître ». Où était donc ce « maître » qu'il m'avait, avec assurance, invité à rencontrer ? Une lampe de bureau à col recourbé, abat-jour de verre couleur fond de bouteille foncé, dans le même style que les autres accessoires, posée sur une table encombrée d'énormes piles de vieilles revues, éclairait faiblement la pièce, mais mes yeux en avaient fait assez le tour pour que je n'y trouve aucune trace du « maître », pas plus vivant que momifié, portraituré ou photographié. Comme Mike semblait, pour la première fois, marquer une pause avant de répondre, je me suis demandé s'il ne me faisait pas, à sa manière, le coup du magicien d'Oz — cette si jolie histoire immortalisée dans un film des années d'innocence américaine, de la recherche par une jeune fille et ses compagnons d'un magicien qui n'existe pas. Arrivés aux portes du palais, la jeune fille et son groupe s'aperçoivent qu'il y a imposture et le célèbre *Wizard of Oz* n'est peut-être que le gardien ridicule et bébête du palais vide — cela avant que la jeune fille ne se réveille, puisque sa recherche n'était qu'un rêve.

— Si je vous ai dit que vous pouviez le rencontrer, c'est que ses écrits sont conservés ici. Je les ai trouvés, ici, il y a quelques années, quand

192

je me baladais dans le pays. Je cherchais à m'arrêter de bouger.

— Pourquoi aviez-vous choisi Norwood?

— Pourquoi le bout perdu du monde? Parce
que c'est cela, un bout perdu du monde, au
milieu d'un pays splendide, et parce que j'avais
besoin de me couper de tout. Je vous ai dit que
j'avais servi au Vietnam, on n'en parle pas, OK?
À mon retour, j'ai essayé toutes les professions
possibles, exploitant ce que j'avais appris là-bas.
Le talent de la mort, ça peut rapporter gros aux
États-Unis. Mais je n'étais satisfait de rien. J'ai
dérivé vers le Sud-Ouest. L'ancien propriétaire
de ce magasin était un vieillard, disposé à vendre
bon marché, mais il ne trouvait pas preneur car
il s'acharnait à ce que l'on respecte une condi-
tion que la plupart des commerçants de la ville
rejetaient : l'excentrique bonhomme voulait
que l'on continue de perpétuer les dictons et
proverbes de Santos-Montané, le « maître ».
C'était écrit en toutes lettres dans le contrat.

— C'était donc lui, le « maître »?

— Je ne pense pas, non. Je pense que Santos-
Montané n'a jamais existé. Nul ne sait d'où sont
parties ses petites maximes, ni qui a inventé
cette signature. Elles sont apparues vers la fin
des années quarante dans les gazettes des com-
munes du comté. À mon avis, comme il y avait
de la demande, et que cela plaisait aux dames,

aux retraités, mais aussi aux cow-boys solitaires et aux routiers insomniaques, peu à peu, les pensées de Santos-Montané ont été propagées par des anonymes ou un éditeur inconnu ou le vieux lui-même qui en fournissait une grande partie. Je crois que tout le monde a contribué à ce que cette presse locale diffuse ces petites pensées. Je crois que les gens picoraient dans les poèmes Navajos, que le vieux picorait dans les paroles Utes, ou Shoshones et d'autres dans des textes orientaux, pourquoi pas. Et puis le vieux devait en inventer, purement et simplement.

— Ils sont donc là ?

Mike tendit sa large main, aile d'oiseau, vers les paquets entassés sur le bureau.

— Toute la collection. Toutes les publications. Je ne sais pas comment il les récupérait. La diffusion de ces différentes gazettes n'a jamais dépassé les limites du bled où elles étaient imprimées : Creede, Ouray, Paradox, Naturita, Nucla, des trous encore plus perdus que le nôtre ! Quand j'ai fouillé les archives, j'ai aussi trouvé des textes non imprimés, sans doute écrits de la main du vieux.

J'insiste, dans mon souci rationnel de trouver une explication.

— Il était l'auteur original, il était Santos-Montané.

Mike secoue la tête.

194

— Je vous le dirais si c'était vrai. Le vieux m'a juré qu'il n'était qu'un disciple. Le disciple de quelqu'un qui n'a pas existé, c'est tellement plus beau. Vous ne trouvez pas ?

— Je ne sais pas. Je trouve que ce serait encore plus passionnant si l'on connaissait l'identité réelle de Santos-Montané.

Mike a souri.

— Vous avez tort. Il y a deux excès dans la vie : exclure la raison, n'admettre que la raison.

— C'est du Santos-Montané, ça ?

Avec une intonation modeste afin de ne pas me vexer, mais ironique :

— Mais non, mon vieux, ça vient de chez vous. Du pays dont vous avez l'accent. C'est du Blaise Pascal !

Je n'ai pas voulu rester à court d'une réplique.

— Alors si je comprends bien, vous faites comme le vieux. Vous écrivez du Santos-Montané. Et vous empruntez même à toute la sagesse littéraire du monde. Les deux phrases dans la vitrine sont-elles de vous ? Je suis même sûr que vous ne vous arrêtez pas à la vitrine. C'est vous qui alimentez les périodiques.

Mike répond cette fois en jouant la comédie, d'une voix flûtée :

— Figurez-vous que les petites gazettes, ça reprend pas mal, dans le comté de San Miguel et les comtés voisins. Figurez-vous que la petite presse magazine locale après avoir été anéantie par l'irruption de la télé dans les foyers, dans les années cinquante ou soixante, a retrouvé du tonus. Les gens sont très attachés aux coutumes ici. Très.

Il m'a fait rire à mon tour.

— Alors, aujourd'hui, c'est vous, Santos-Montané ?

Il a répondu les mêmes mots entendus quelques jours plus tôt des lèvres d'une invitée du ranch, au milieu de notre randonnée dans les espaces vierges :

— Quelle importance ?

29

Petite leçon de modestie

Nous avons parlé encore pendant quelque temps. J'ai raconté à Mike comment ce que je n'appelle pas le hasard m'avait attiré jusqu'ici. La maladie, les images, l'invitation au ranch, l'intuition que je trouverais peut-être dans la forêt une réponse à mes hallucinations des nuits de réa.

Il était assis dans l'un des deux fauteuils de cuir. La lueur de la lampe verte donnait à sa barbe, son grand corps d'ancien combattant, carré dans le cuir tabac du siège, une autre silhouette que celle d'un marchand de quincaillerie. Il ressemblait à celui dont il était le disciple : sans âge réel, sans possibilité d'être classé dans une catégorie particulière d'individus américains, sans attaches. Il avait ôté ses lunettes à la Benjamin Franklin et le reflet vert de la lampe faisait briller ses yeux d'un noir uni, sans paillettes.

— Je peux me permettre de vous dire deux ou trois choses ? avança-t-il avec courtoisie.

— Je vous en prie, dis-je.

Il fut bref :

— Dans la forêt, la vôtre, celle que vous cherchez, mais comme dans n'importe quelle autre forêt au monde, il n'y a pas de centre, n'oubliez jamais cela. Ne soyez donc pas déçu car vous ne retrouverez pas les lieux, les points fixes que votre imagination s'est tracés. Quant à la Faille de l'Aigle, au sommet de laquelle vous regardiez l'« océan vert et bleu », vous n'aurez pas le temps de monter jusqu'à elle. Je connais l'itinéraire, il faut toute une journée.

Puis il me regarda sans indulgence :

— Pour le reste, un conseil : ne portez pas plus longtemps votre expérience de la douleur et de la « mort approchée » comme une décoration, une médaille. Il faut être sobre sur ces choses-là. Il y a des rendez-vous bien plus affreux de par le monde, pour tout le monde, figurez-vous. Arrêtez d'en faire une histoire et de la raconter à tout bout de champ.

— Comment ça ?

— Vous me l'avez racontée, on se connaît à peine. Vous avez gagné une certaine compréhension de la mort comme faisant partie de la vie, et donc vous n'en avez plus peur, OK, c'est bien. Maintenant faites-en votre profit et vivez le présent et le réel. Ne glosez plus là-dessus. Est-ce que je vous parle du Nam ?

Il disait « Nam », jamais Vietnam, refusant d'évoquer une seule des « atrocités » dont il avait été le témoin, la victime et peut-être l'auteur.

J'ai voulu lever la main pour l'interrompre, mais il l'a levée à son tour.

— Le seul mystère dans votre histoire à vous, c'est la lumière, celle que vous dites avoir vue quelques secondes pendant lesquelles vous avez cru partir ailleurs. Vous savez, en Amérique, on se croit un pays matérialiste, mais on n'arrête pas de s'occuper de ce qui n'est pas matérialiste. On n'a pas arrêté de travailler sur tout ça. On a plus écrit et cherché chez nous sur ces histoires de « mort approchée » que partout ailleurs dans le monde. C'est même chez nous qu'a été inventée l'expression. Alors, c'est simple. Il y a la réponse des scientifiques : les choses qu'on ressent quand on est sur les rives de la mort ne sont que des réactions aux produits chimiques qui vous ont été donnés et à la chimie que votre corps se met à fabriquer. Et puis il y a une autre réponse, qui n'est pas scientifique : les choses que l'on ressent lorsqu'on est sur les rives de la mort ont à voir avec notre désir de spiritualité, notre besoin de Dieu, comme dit votre ami Pascal — c'est la réponse qui exclut la raison. Mais il n'y a pas besoin de citer votre philosophe. Ici, dans le Colorado, plongez dans n'importe quel recueil de poèmes indiens, vous y trouverez des réponses. On en revient toujours à la même chanson : celui qui croit à une survie de la conscience et celui qui n'y croit pas. Celui qui ne peut pas admettre que tout soit apparence. Celui-là cherche la lumière.

Il était temps de quitter Norwood pour rouler jusqu'à l'angle de la 145, emprunter la dirt road qui mène à la forêt. Mike m'a donné des indications plus précises, le doigt pointé sur la carte d'état-major et ses petits carrés teintés en blanc, la brousse, en jaune, la roche, en rose, la caillasse et le chaparral, en vert, les arbres.

Il m'a offert un petit livre, pas plus grand qu'un carnet d'allumettes, du format de ceux qui traînaient sur son comptoir, contenant proverbes et poèmes. De la prose d'almanach, de la jolie musique locale, du Santos-Montané, à sa manière.

— J'aime beaucoup ces quelques vers de Nadine Stair, une inconnue. On la cite souvent dans la région. Aussi souvent que Santos-Montané :

Si je devais vivre ma vie à nouveau
J'irais cueillir plus de marguerites

Je gravirais plus de montagnes
Je me baignerais dans plus de rivières
J'irais danser à plus de bals.

Vous trouverez peut-être des marguerites dans l'Uncompaghre, conclut Mike. On les appelle des *showy daisies*. Elles sont assez rares mais elles aiment bien parader, elles sont coquettes. Elles friment. Elles ont du mauve, des raies blanches, un disque rose. Vous pouvez être sûr qu'elles seront à votre rendez-vous.

30

Le sens d'un mot

Rendez-vous.

Il existe peu de mots qui ouvrent autant le compas de l'imagination. Qui n'a connu un rendez-vous ? Qu'est-ce que notre vie sinon une succession de rendez-vous ? Nous avons tous eu ou aurons un « premier rendez-vous » et ce mot, dans cette circonstance, s'est surtout appliqué au domaine de l'amour. Toute relation humaine, toute activité humaine peut reposer sur cette expression au sens illimité. La joie, la mort, le bonheur, le malheur, le plaisir, la vérité.

Selon l'esprit avec lequel on l'aborde, le principe du rendez-vous est exaltant, prometteur, puisqu'il inclut une notion d'inconnu, d'attente, de révélation. Il pourrait, après tout, très bien contribuer à une définition de la vie. Si précis, daté, défini et localisé soit-il, un rendez-vous inclut toujours que les choses ne se passeront pas comme on le croit. Rendez-vous peut être aussi interprété comme se rendre à quelqu'un, à quelque chose. Rendre les armes. Se rendre, au sens de se livrer, se lâcher, ouvrir sa garde, baisser le masque, mieux se connaître.

Je savais bien que j'avais, au Colorado, rendez-vous avec la beauté, la nature ; rendez-vous avec des souvenirs déjà répertoriés, et je m'étais assigné à moi-même le rendez-vous entre une image d'hallucination et une image concrète, ce qui se touche et se sent : la forêt bleue du rêve, la forêt bleue de la réalité. Mais je ne savais pas que j'avais rendez-vous avec un fantôme, la silhouette d'une jeune femme au visage grêlé, que je n'avais vue sans doute, cet été-là, qu'à peine deux ou trois fois.

TROISIÈME PARTIE

LA FORÊT

31

Retour dans le temps

Car maintenant, en effet, les clapets de l'écluse de la mémoire étaient clairement ouverts et tout coulait avec limpidité, fluidité. La machine à faire dérouler le parchemin du professeur Markowitsch fonctionnait sans interruption, et c'est pourquoi il pouvait parvenir à faire le compte exact du nombre de fois qu'il avait vu la jeune femme. Deux samedis soir, pas plus.

Tout coulait au rythme de la jeep du ranch qu'il conduisait comme dans un état second. Sa femme lui dirait plus tard :

— Tu avais l'air hanté et habité. Tes lèvres semblaient marmonner des mots incompréhensibles qui auraient pu venir de l'intérieur de toi-même.

Les mots, les bruits, les voix remontaient et descendaient dans son corps. Il était sujet au phénomène qu'il avait déjà ressenti depuis l'arrivée dans le Colorado, puis à Norwood — le retour dans le temps. Jusqu'ici, cela s'était passé par jets irréguliers, par fragments. Désormais, il s'agissait d'un flot continu. Le phénomène avait pris de l'ampleur dans l'arrière-salle du Lone Cone Cafe, lorsqu'il avait reconstitué l'atmosphère de chaudron tonitruant et cruel du samedi soir, précisé le décor, les odeurs et les sons. Il y avait eu une rémission avec l'épisode du hardware store. Lorsque la jeep avait pris le tournant en angle droit de la 145 sur la dirt road, tout était revenu et, cette fois, sans interruptions ni lacunes, avec une telle force qu'il lui fallait tenir le volant à deux mains pour ne pas sortir de la route et basculer dans le fossé.

Car il était en proie à deux exigences, parallèles et contradictoires. Il lui fallait reconnaître le paysage de sa jeunesse, poursuivre sa volonté de retrouver le plus fidèlement possible le sol qu'il avait foulé, les arbres qu'il avait soignés, mais il lui fallait aussi enregistrer, assimiler tout ce qui dans le tumulte du déstockage de mémoire était en train de faire écho, faire sens. Il ne fallait pas quitter la route des yeux, repérer les rares indications (Beaver Creek — Beaver Mesa — Cone Reservoir) d'une part, et d'autre part il fallait se laisser gagner par la vague intérieure qui lui apportait du matériel brut, du passé neuf, inédit. Il lui semblait que plus il poussait sur l'accélérateur pour aller au bout de la route, plus chaque parcelle de terrain, chaque boqueteau était un signe. Mais il savait bien qu'il n'était pas arrivé à son but, et l'apparition de plus en plus fréquente de clôtures, portails cadenassés, fils protecteurs disposés haut et infranchissables, tendus sur des rangées de poteaux en ciment armé, lui faisait craindre qu'il ne puisse même pas atteindre les lieux qu'il avait tellement désiré revoir.

La jeep traversa une piste de terre sèche et blanche, étroite, ruban gansé de broussailles épineuses et de roches rouges pulvérisées. Elle allait d'est en ouest, et il reconnut le terrain sur lequel, avec quelques hommes sans foi, il avait cru pouvoir jouer au jeu de la mort à l'arrière d'une moto. Il ralentit, arrêta le véhicule et vérifia sur la carte d'état-major pour noter, collectionneur fétichiste de son propre passé, la dénomination exacte de la piste : Y 43. Mais ce chiffre et l'évocation des trois gueules des voyous lui permirent alors l'ouverture d'une nouvelle écluse. Un visage brumeux, flou et peu défini jusqu'ici, ayant navigué dans les limbes de la mémoire, celui d'une jeune femme à la peau grêlée, réapparut pleinement dans tous ses contours.

32

La jeune femme
au visage grêlé (cinq)

Parmi les banquettes de l'arrière-salle qu'on lui avait donné à servir, il en était une que la jeune femme au visage grêlé s'était prise à redouter dès le premier soir.

Quand elle avait accepté l'offre du père Cassidy, il lui avait dit :

— Ça sera pas dur en semaine, les types seront trop crevés pour venir le soir en nombre. Ils quitteront pas beaucoup la forêt. Le samedi, ça risque d'être un peu bousculé.

Le propriétaire lui avait fait l'effet d'un homme rude, doué d'un sens peu commun de l'organisation. Il y avait dans ses yeux ce qu'elle avait appris à reconnaître comme la lueur de la cupidité, mais sa proposition lui avait paru honnête. Elle serait mieux payée, logée et nourrie, et le déplacement de Placerville à Norwood, pour quelques mois seulement, ne lui déplaisait pas. Ce serait une brisure dans la monotonie de sa vie. Une manière supplémentaire d'effacer Jimmy de sa mémoire.

Mais la prévision du père Cassidy fut vite dépassée. La ruée des hommes bruyants et alcoolisés vers tables et banquettes, la pression exercée pour que la rotation marche sans accrocs, les cris et les ordres, le va-et-vient entre salle et cuisine, à quoi venait s'ajouter une brusque et fulgurante augmentation de chaleur, de fumée, il y avait de quoi user toutes les bonnes volontés. Certes, elle n'était pas seule et la solidarité qui s'était vite établie entre Mabel la Noire et elle-même leur permettait de se ménager de courts intervalles pour pousser la porte grillagée de la cuisine et respirer, à pleins poumons, l'air de la nuit, le bon air froid dévalant de la montagne, puisque même en juillet, même en août, dans cette région aux plateaux si élevés, il faisait toujours frais le soir, toujours cool.

Par ailleurs, le principe du plat unique aurait dû permettre, entre le moment où les fauves avaient été servis et celui où ils avaient vidé leur écuelle, une autre courte plage de détente. Mais c'était compter sans la soif des forestiers, leur agitation pour réclamer poivre, sauce pimentée, beurre qui manquait dans les patates, serviettes en papier, cendriers, allumettes, et surtout la bière, la bière. Si bien que, tous comptes faits, on ne se reposait que sur ordre, lorsque Cassidy ou Pasquale, le chef de salle, avait dit :

— Tu prends ton break. Nora va te relayer.

Alors, elle allait à nouveau vers l'arrière-cuisine, poussait une nouvelle fois la porte grillagée et s'asseyait dans l'herbe, dos au mur de planches du bâtiment et elle fermait les yeux. Par-delà les éclats des ustensiles des cuistots, elle entendait quand même le brouhaha des West Beaver boys, qu'aucune cloison ne pouvait effacer, un nuage sonore, percé sporadiquement par des ululements de satisfaction, imitant les cris des gardiens vachers, et ce bruit venait lui rappeler l'insidieuse méfiance qui s'était glissée en elle, à peine avait-elle approché une aile précise de la salle, une banquette dont les occupants lui inspiraient une sorte de crainte.

Elle en avait fait, depuis sa lointaine adolescence, des diner's, des snacks, des bars, des motels, des restos routiers, des auberges bon marché ou des tavernes à militaires ! Si, dès son enfance, elle avait éprouvé une peur qui s'était ensuite transformée en mépris des hommes, la maîtrise qu'elle avait acquise de son métier lui avait permis d'éviter incidents et problèmes. Certains jours, dans certaines villes, le long de certaines routes, elle avait même décidé que la tare sur son visage était une bénédiction, puisqu'elle l'avait en partie protégée des gestes déplacés que subissaient les autres filles. Non qu'elle n'ait eu droit à son lot de mains qui s'égarent, de réflexions, de propositions à peine déguisées, d'allusions obscènes, mais dans l'ensemble, elle avait réussi à conserver sa dignité. Mais, au Lone Cone Cafe, la jeune femme au visage grêlé prenait conscience qu'elle pouvait connaître autre chose qu'elle n'avait pas encore vécu.

La banquette en question était occupée par quatre hommes à l'allure conforme à l'ensemble de cette population, trognes rugueuses, manières primaires. D'un regard expert, commun à tous ceux qui ont pour métier de savoir vite juger à quels clients ils ont affaire, à quel type humain ils vont devoir sourire et parler, la jeune femme avait deviné sur les faces de ces convives une capacité de dérision et de malignité. Ils étaient trois hommes, plus mûrs que les autres. L'un d'entre eux avait le visage glabre, une longue figure porteuse de sarcasme. L'autre, barbu, imposant, peu loquace. Le troisième, une masse de cheveux blonds, peau très claire, presque celle d'un albinos. Son instinct lui avait dicté que ces trois dîneurs représentaient un danger. Le quatrième, en revanche, semblait plus jeune, son visage reflétait la bonne éducation, une dose d'innocence, malgré le début de barbe qui fleurissait sur ses joues, il faisait figure d'agneau égaré au milieu de loups. Son accent et ses gestes trahissaient l'homme venu d'ailleurs, l'étranger. Celui-là, à l'évidence, ne poserait pas de problème. Les autres étaient désagréables, aux aguets, prêts à mordre. Cela avait commencé dès le premier arrêt à la banquette et la commande de boissons. Ils s'étaient poussés du coude en découvrant son visage et l'un d'entre eux avait eu un sourire mince. Il y avait eu des chuchotements, au milieu du vacarme, comme si on se passait un mot secret. Et l'homme à la longue figure lui avait dit sans préliminaires :

— T'as pris ça où, ton truc sur la peau? C'est un tatouage ou quoi?

Elle avait voulu faire la fière, ce qui était une erreur. Elle avait refusé de relever la question et formulé le rituel :

— Vous prendrez quoi comme boisson?

Les hommes n'avaient pas aimé l'échappatoire. L'un d'entre eux avait susurré :

— Poussière de Gravier, voilà comment on pourrait l'appeler. Elle veut pas répondre.

— Je peux prendre votre commande? avait-elle répété.

— Quatre bières, avait répondu la longue figure. Vite fait.

Elle avait tourné le dos mais entendu des rires, quelques exclamations, et lorsqu'elle avait

214

retrouvé la banquette, les mêmes trois hommes l'avaient remerciée, ce qui était incongru, et ils avaient ajouté, à chaque merci, un surnom qu'ils avaient inventé pendant qu'elle était allée passer les commandes au bar.

— Merci, miss Face de Lune.

— Merci, miss Papier Mâché.

— Merci, miss Peau de Rat.

Ils s'étaient esclaffés de concert, les imbéciles. Épatés qu'ils étaient par leurs ressources intellectuelles, la finesse de leur humour, la délicatesse de leur invention. Certes, elle avait déjà été victime de quelques remarques ou surnoms de ce style, mais jamais avec autant de vice, comme s'il s'était agi d'un petit complot, une intention délibérée de nuire. Elle avait pivoté et gagné d'autres banquettes, et le reste de son tour de service avait été absorbant, chaotique, suffisamment irritant pour qu'elle n'accorde plus d'importance à la méchanceté des trois hommes, mais l'attaque l'avait surprise.

L'Ouest est plutôt bienveillant et solidaire. On parle peu, mais l'on s'entraide, on est aimable avec l'étranger. La relation humaine est souvent rude, sans précautions ni manières, mais il court de façon générale une générosité et une égalité dans les échanges qui datent de l'ère des pionniers, des conquêtes du territoire, du combat contre les éléments, le simple et seul objectif de survie suffisant à souder la communauté, à épargner les faibles et les réprouvés. À l'Ouest, chacun vit comme il est, avec ses tares, ses faiblesses, ses manques, et chacun tolère le voisin, pourvu que celui-ci en fasse autant.

Mais personne n'y est à l'abri, pas plus qu'ailleurs, de la bêtise, le mal pour le mal, le jeu inconséquent de quelques hommes éméchés par l'alcool ou par l'excès de solitude et de difficultés du travail dans la forêt.

33

Le tronc d'un juniper

La jeep avait atteint le bout de la ligne droite. Ici commençait le vrai pays bleu. Mais il commençait par une frustration, une déception.

Il y avait des lourdes chaînes partout, des gros cadenas couleur de cuivre sur les portails, des barrières en quadrangles, des grillages, des plaques métalliques avec l'inscription : « Propriété privée » — « Défense de franchir » — « Propriété du Gouvernement US » — « Entrée interdite » — « Camping interdit ». Or, de l'autre côté de toutes ces protections, il pouvait reconnaître la nature du terrain sur lequel avaient été installées les tentes de toile du camp et, au-delà de cet espace, les déferlantes de la forêt.

La dirt road n'était pas une impasse. Elle repartait sur la droite, comme sur la gauche, et la carte d'état-major prêtée par Larry, réexpliquée par Mike, offrait des solutions. Il suffirait d'aller, toujours en jeep, dans l'une des deux directions, emprunter une *beef trail road* — une piste à bœufs, et l'on trouverait bien alors une ouverture, une brèche. Le territoire tout entier ne pouvait avoir été verrouillé à ce point. Il escalada une partie de la clôture grillagée pour avoir une vision plus large des espaces et eut confirmation que ça se passait bien à gauche. Il voyait des ruptures de terrain par là-bas, pouvait reconnaître les sommets pointus des colonies de blue spruces, différents des autres Evergreen, douglas, lodger poles, ponderosas. Les blue spruces se détachaient, sous le soleil violent du début de l'après-midi, par la teinte naturellement bleue de leurs aiguilles. Il s'était intitulé « chercheur de bleu » à son arrivée à l'aéroport. Eh bien voilà, pensait-il, ton bleu n'est plus loin, désormais.

Mais il avait oublié ce que tout véritable habitant de l'Ouest intègre dans ses plans, le rythme de ses jours et de ses travaux. Il avait négligé la distance. Le petit carré colorié de la carte d'état-major était petit et simple sur la carte. À l'échelle de sa recherche, il s'aperçut qu'il était interminable. Ils eurent donc encore plusieurs longs miles à parcourir, des demi-tours, des erreurs, une nouvelle et précieuse indication donnée par un cow-boy âgé et maigre rencontré le long de la piste et qui, dans un corral de taille modeste, vaquait à ses travaux; il eut la sensation que le chemin ne se terminerait jamais, qu'il fallait rouler, freiner, vérifier la carte, humer l'air, avaler la poussière, reprendre la piste à travers un paysage dont la beauté lui échappait dorénavant tant sa quête prenait une tournure anxieuse. Il y eut des éboulis à éviter et puis, soudain, à l'amorce d'une pente, un énorme morceau, le tronc d'un juniper entravant le chemin. On ne pouvait plus avancer.

Or, il sentait que le lieu recherché avec tant de frénésie n'était plus éloigné du tout. Il fallait contourner ce dernier obstacle, sur ce très raide virage en hauteur. La présence du juniper devait être assez récente, le tronc portant à chaque extrémité la marque franche d'une coupe de scie. Avait-il chuté, le matin même, du haut d'un tas de logs transportés par un camion dont on voyait encore la trace sur le sol recouvert de pierres blanches? L'irruption du juniper modifiait le rythme de sa quête. Il savait bien qu'en une demi-journée, comme le lui avait prédit Mike, il ne pourrait refaire le chemin pour escalader l'un des versants du pic de Lone Cone. Mais il était persuadé qu'autour de lui il se trouverait bien un point fixe, un site, une place privilégiée qui lui permettrait de confronter la réalité avec son rêve. Il se demanda alors si le juniper était tombé là exprès, sur la route, et ce que signifiait son encombrante masse. Il s'assit sur le tronc et il attendit.

Le juniper sentait bon. Son bois aromatique est souvent utilisé dans les mélanges que l'on appelle «pots-pourris», et dans les maisons en rondins près de la rivière au ranch, les armoires à linge et les placards à vêtements dégageaient cette même odeur suave, résineuse, juteuse comme les baies, les pommes de ce pin qui poussent en lisière des spruces et qu'adore dévorer toute la faune mammifère de la forêt. Sur l'écorce d'un brun rougi, fibreux et friable, il restait un *chicken mushroom*, épais champignon aux tranches jaunes débordant en éventail sur des couches orange, comme un gâteau mille-feuille. On l'appelle ainsi parce qu'il a un goût de poulet, mais il n'est pas recommandé de le consommer, et surtout pas cru. Ce menu savoir, la nature du juniper, le goût du champignon, ne provenait d'aucune lecture d'un guide. Il n'avait emporté que sa carte et ses jumelles, et il s'aperçut là encore que la mémoire lui offrait le résidu de ce qu'il avait vécu, humé, appris, enregistré, de longues années auparavant.

Il était revenu chez lui. Tout était tranquille.

Le ronronnement du moteur de la jeep, lorsqu'il roulait sur la piste à bœufs, l'avait empêché d'entendre les sons de la forêt. C'était beaucoup mieux ainsi, maintenant, et il se félicita de l'intrusion du juniper dans son itinéraire. Il suffisait d'attendre encore un peu et bientôt un autre signe, une autre forme de vie, déterminerait le choix qu'il fallait faire. Ce fut d'abord en contre-bas, l'appel d'une creek, source vive, peut-être en cascade, car son chant s'élevait vers la piste avec force et gaieté. Puis il vit un geai de pignons, uniformément bleu, la queue courte, se déplaçant vers les rangées de ponderosas et de spruces, dans la direction d'où provenait le chant de la source. L'animal chétif et bleu volait vers du bleu. Il se dressa alors sur le sommet du tronc pour regarder au-delà de l'abrupt virage et de la falaise, et il découvrit la source et, de l'autre côté, il vit une ouverture dans une file de blue spruces qui remontaient et dominaient une crête, et il sut que c'était là. Il reconnut un des points de repère qu'il avait souvent pratiqués lorsque, devenu éclaireur, il avait arpenté le pays en solitaire ou en compagnie de Mack, le contre-maître du camp, qui l'avait initié aux choses et aux arbres.

Quitter la route, dévaler la pente en trempant le bas de ses bottes dans la source, remonter le versant en faisant craquer les aiguilles et les pignons, les cônes sous les pieds, s'accrocher aux troncs des spruces afin d'avancer sans glis-ser, en sentant au passage leur dominante de citron huileux, marquer une pause et souffler

221

parce que le double exercice — la descente d'abord, ensuite l'ascension — a barré la poitrine comme un corset d'acier et qu'il faut chercher à cette altitude un autre mode de respiration, une autre organisation de son corps, il faut embrasser autrement l'oxygène, affronter la courte épreuve avec prudence (tu peux éclater, vaciller) et avec ambition (tu vaux mieux que cela, tu mérites l'air des cimes, plus que la crasse de la ville qui a voilé tes poumons). Et puis, reprendre sa marche et atteindre la crête, dans l'éblouissement du parcours accompli.

Quand tu as commencé de grimper, tu ne savais pas ce que te dévoilerait ton exploration. Tu te demanderas plus tard si la recherche et la direction étaient plus importantes que le but lui-même. Mais assieds-toi, pour l'instant. Tu es dans la forêt, tout en te situant sur sa marge, la crête d'où tu peux te détacher et faire voyager tes yeux. Tu es dans les arbres et, du point de vue que tu obtiens, tu peux contempler d'autres milliers d'arbres et comparer enfin cette mer vert et bleu à l'océan vert et bleu de tes nuits d'hallucination et de maladie.

34

Ici et maintenant, dans le réel

Il éprouva un grand bonheur étonné. La raison était simple : ce qu'il voyait était plus beau que ce dont il avait rêvé.

Lorsqu'il avait annoncé son voyage à l'un de ses amis à Paris, celui-ci avait dit :

— Ne fais jamais ce genre de confrontation. La plupart du temps, on est déçu. Comme lorsqu'on revient sur les lieux de son enfance ou la maison de famille d'autrefois, tout est plus petit et plus étroit, sans magie. Le rêve est toujours plus puissant que la réalité.

Mais son rêve à lui s'était déroulé sur un lit d'hôpital et, dans son délire obsessionnel d'aller chercher de la fraîcheur et de la beauté, puisque sa poitrine était envahie par la laideur et la proximité de la mort, il avait sublimé le tapis de velours vert et bleu de l'Uncompahgre Forest. L'hallucination avait contribué à lui faire conserver un espoir de sortie du tunnel, et elle avait été magnifiée par la volonté de vivre qui est en chacun de nous. L'image avait été envahissante, récurrente, il en avait parsemé le récit de sa maladie.

Mais ce n'était qu'une image. Si poignante et captivante qu'elle ait pu être, ce n'était qu'une représentation artificielle. Là, ici et maintenant, dans le présent, dans le réel, et non pas dans les brumes contradictoires de l'inconscient, dans le concret de la vie qui se déroulait et que l'on absorbait au diapason de la respiration, les yeux grands ouverts, l'esprit clair et le corps pacifié après l'escalade, l'anxiété de la recherche derrière soi, une évidence apparaissait. Elle n'était pas forcément universelle, et il n'avait pas la prétention d'en faire une règle ni même de l'émettre comme une idée, un principe. Après tout, il y a des banalités vieilles comme le monde et que nous croyons inédites, simplement parce que nous n'en avons pas encore personnellement éprouvé la vérité. Mais là, ici et maintenant, sur la crête, il recevait le spectacle de la vraie vie, comme un plus beau présent que les inventions de son imaginaire. La vraie vie n'était pas ailleurs.

Il pouvait à la fois embrasser l'ensemble de cet unique déroulement d'arbres vert et bleu, à perte d'espace, à perte de ciel, et qui évoquait, par sa souplesse, ses longs et lents arrondis, ses

crêtes et ses creux, un tapis de dimension sur-
humaine ou, mieux, un océan — mais une mer
qui n'aurait bougé, ondulé, reculé, avancé que
sous la transformation de la lumière, du ciel et
du soleil. Une mer figée, dont il devinait cependant la multiple vie interne. Car en même temps
que cette vue d'ensemble si harmonieuse, il pouvait observer à ses pieds et autour de lui la minu-
tie, le petit détail, le microcosme. Ainsi, les
différences entre les longues et courtes aiguilles
du ponderosa et celles plus croisées et plus cro-
chues du spruce. La rougeur acide des baies de
la plante de kinnikinnick, qu'on appelle aussi
des « pommes de Chipmunk », ces écureuils ou
plutôt ces tamias, rayés sur toute la longueur de
leur fourrure. Ça, c'était ce qui se trouvait sous
ses yeux, à ses pieds.

Et puis, il y avait ce qui était très éloigné, la
vision du travail qu'avaient fait les glaciers, comment les vallées taillées en U furent ensuite
cisaillées par le V des torrents et des rivières
pour aboutir à une architecture impériale, que
rien désormais ne pourrait bouleverser. Au-dessus des vagues bleues, plus aucun arbre, la roche
cette fois, la Rocheuse, mais de-ci, de-là, encore
la silhouette du plus vieil arbre d'Amérique du
Nord, le pin de Bristlecone, sorte de bonsaï
rabougri et décharné, amoindri par le vent et sa
puissante énergie qui balaye les pierres. Certains

de ces vestiges ultimes de végétation ont quatre mille ans d'existence. Et puis à nouveau, lorsque l'œil a volé aussi loin et aussi haut, il revient à l'environnement immédiat. La preuve du passage des castors à la vue d'un tronc laminé comme par une machine. L'oreille se penche vers la profondeur de la forêt et on entend le furtif cheminement d'un insatiable écureuil d'Albert gris et blanc, on devine le frémissement des rats des bois à la queue en l'air comme les pailles d'un balai. Partout, de l'énergie. Partout, une flamme.

Mike lui avait dit : « Il n'y a pas de centre dans une forêt. »

Accoutumé à vivre dans une ville, une entreprise, un foyer, la notion de cercle et de centre s'était imprimée en lui comme en tout être civilisé. Il ne lui paraissait pas indifférent que, pour les Indiens aussi, le cercle ait pu servir de référence. Ça réconforte et ça rassure, un cercle, ça se déchiffre aisément.

La forêt est un autre monde, comme la mer. Elle s'étend et se répand, multiplie ses vies, multiplie les scènes de plusieurs vies qui grouillent, mais qui ne sont que les subtiles et savantes mécaniques d'un système sophistiqué dont le grand régulateur est le climat, le travail des eaux, les neiges des glaciers, les pluies et les saisons, la photosynthèse, l'interaction des plantes, insectes, minéraux, feuilles, débris de roches, ours, cerfs, grouses et chèvres de montagne, toutes choses et créatures impliquées sans le savoir dans cette gigantesque usine. La forêt est une industrie sans centre, car tout, dans la forêt, est le centre.

Mike lui avait dit : « Vous pourriez être déçu. »

À trop attendre un rendez-vous, à en avoir rêvé trop longtemps, il aurait pu en effet regarder autour de lui et murmurer :

— Ce n'était donc que cela.

Ce qui constitue l'un des écueils de la rationalité. Mais il pensait plutôt :

— C'est bien mieux que cela. La forêt est plus belle que son fantasme. Vis-la, engrange tes sensations, nourris-toi de ces images. Le visage du monde moderne, celui d'où tu viens et où tu vas repartir, change à une vitesse qu'aucun compteur ne peut suivre. Le visage de ta forêt n'a pas changé, mais en même temps, tu dois savoir que ce moment est unique. Tout moment est dernier. Même si les blue spruces n'ont pas changé, tu ne verras pas deux fois le même blue spruce, pas plus que l'on ne voit deux fois le même papillon couleur soufre, dit « Queen Alexandra », qui passe en ce moment sur l'écran de ton regard.

Il réappliquait la méthode de contemplation en forêt qu'on lui avait apprise autrefois. Imposer le silence à ses idées, écarter ce qui est acquis, nettoyer. Ne fixer sa pensée sur rien, ou alors sur un seul objet — une pierre. Cela s'appelle tout éliminer pour arriver à la sérénité. Mais si la sérénité consiste, entre autres, à accepter sa propre vérité (qui je suis, pourquoi ai-je fait ce que j'ai fait, vécu ce que j'ai vécu, que dois-je en comprendre), il était normal alors qu'en cet instant de plénitude, au sommet de son rendez-vous, il soit aussi parvenu à l'autre rendez-vous avec le chaînon manquant de ses nuits d'hôpital.

On peut fixer sa pensée sur un seul objet, on peut aussi la fixer sur un seul visage. Et donner, enfin, un nom à ce visage.

35

Karen

Karen.

Elle s'appelait Karen.

C'est un prénom très usité dans le pays. Il ne faut pas généraliser, mais il semble qu'il soit plus fréquemment distribué dans les couches de la population qui trime, qui sert, un prénom courant chez les gens de petite origine.

— Ah ça, c'est pas un prénom de riches, avait dit la mamma du restaurant pour Hell's Angels — elle-même appelée Karen.

Le prénom m'est revenu dans la forêt — grâce à la forêt. C'est sur cette crête, face à la splendeur du paysage qui me reliait avec mon passé, au point que je ne sentais plus de rupture entre ce passé et le présent, que le prénom est revenu, pour se coller sur un visage dont les contours s'étaient peu à peu, jour après jour depuis mon retour au Colorado, précisés et affinés. Le visage était là, plaqué contre la porte de l'écluse, il suffisait que la mémoire ouvre la porte pour qu'il vienne prendre sa place.

Karen, c'est un prénom de serveuse de restaurant. Une jeune femme au visage grêlé, rencontrée deux samedis soir, il y a longtemps, lorsque l'euphorie aveugle de la jeunesse empêchait de voir la douleur des êtres.

Karen, c'est aussi, beaucoup plus tard dans ma vie, le prénom que j'ai cru donner à une infirmière de nuit, que je croyais d'origine coréenne — et qui n'était qu'une hallucination. Quel est le rapport entre la serveuse au visage grêlé et l'infirmière au visage jaune?

36

La jeune femme
au visage grêlé (six)

Le samedi d'après, ils arrivèrent et envahirent le Lone Cone Cafe avec le même bouillonnement de cris, rires, injures, la même voracité, la même fureur d'afficher leur liberté.

Ils investirent la ville tel un petit torrent dévalant l'unique rue de Norwood, puis virant à hauteur du Cafe, comme détourné par une digue. Cassidy, Pasquale, les cuistots et les filles attendaient et l'échange commercial habituel, argent contre besoins — j'ai soif, dollar — j'ai faim, dollar — j'ai encore soif, encore dollar —, s'était mis en action comme un rite, un cycle.

Tout était cycle, là-bas. Dans la forêt, ils avaient toute la semaine suivi le cycle du travail, obéi à la loi du rendement. Ils avaient dû fournir leur compte d'arbres nettoyés, de bidons et de *goop*, l'insecticide consommé. Ils avaient œuvré au rythme du soleil, du cycle de leur propre énergie, interrompu par leur fatigue.

Cette soumission à des cycles supérieurs avait accumulé une charge de réaction qu'il leur fallait dépenser. Et de même que tout procède par cycle, tout fait rite. En tribu, les hommes observent des rites. Chacun joue son rôle et, une fois qu'un rite a été amorcé, les hommes s'empressent de le perpétuer et de le reproduire. Le rite de l'alcool vite avalé, de la ruée vers le bœuf saignant, le rite de la surenchère verbale et de la gratuite cruauté mentale.

La jeune femme au visage grêlé n'avait pas beaucoup pensé au retour des West Beaver boys, mais leur dérision sèche lui était restée en mémoire. Ils étaient plus de quatre, cette fois-ci, sur la banquette.

Deux autres hommes étaient venus les rejoindre, barbus aussi costauds, serrant leurs fortes carcasses pour pouvoir tenir dans l'étroit espace du compartiment. Celui qui semblait s'imposer naturellement sur les autres, l'homme aux yeux mauvais et à la longue figure, l'interpella dès qu'elle se tint à leur hauteur :

— Salut, Face de Lune.

Elle refusa de rendre le salut. Il s'adressa aux deux nouveaux :

— Vous ne connaissez pas Face de Lune ? On

l'appelle aussi Dirt Road. Si vous avez d'autres idées, vous êtes les bienvenus.

Les types avaient rigolé. Elle avait adopté la même attitude que précédemment, carnet à la main, incapable de répliquer, les yeux ne s'arrêtant sur aucun visage et balayant l'ensemble des convives :

— Vous prendrez quoi comme boisson ?

Longue Figure avait ajouté à l'intention de ses compagnons de table :

— Elle fait sa sucrée. C'est vrai qu'avec une gueule pareille, il y a de quoi se sentir supérieur à nous autres, pauvres bûcherons.

Nouveaux rires. Maintenant ils parlaient et chuchotaient, comme si elle n'avait pas été là. Aussi bien voulut-elle quitter le groupe pour passer à la banquette suivante. L'un des hommes la retint par l'avant-bras :

— Hé, attends un peu, miss Carnaval, on ne t'a pas encore répondu. T'es tellement pressée d'aller t'admirer dans le miroir ?

Elle dégagea son avant-bras comme elle savait faire, sans humeur ni ostentation. L'homme eut un sourire entendu, ils commandèrent leurs bières et leurs whiskies. Ils avaient eu leur ration de vilenie. Ils étaient provisoirement rassasiés. Elle partit en direction du bar et s'arrêta à hauteur de Pasquale, le videur. Il y avait une amorce de larmes dans ses yeux. Pasquale lui demanda :

— Problème ?

— Non, fit-elle. C'est la fumée.

Elle pensait que personne, jusqu'ici, ne l'avait aussi brutalement agressée. Elle pensait qu'en gardant le silence elle parviendrait à les calmer. Pour quiconque est attaqué, le silence est une arme qui mène toujours à la victoire. Il finit par lasser celui qui parle. Le silence était son ami, celui qu'on fait en soi-même lorsque tout bouge, tout crie, tout parle, vaisselles, assiettes, caisses enregistreuses, couteaux, portes qui grincent, sonneries, klaxons des cars routiers. Elle avait su installer le silence en elle, à la dimension de sa solitude et du désespoir tranquille qu'était sa vie. Peut-être ne suffirait-il pas. Alors, elle eut recours à un stratagème :

— Il faut faire attention aux types de la banquette droite au fond, dit-elle à Pasquale, lorsqu'elle repassa devant lui, le plateau de verres d'alcool sur le plat de sa main.

Le Mexicain réagit vite :

— Pourquoi ?

— Je pense qu'ils cherchent des ennuis.

Elle savait que Pasquale ne plaisantait pas sur son rôle de gardien de l'ordre et la paix de l'arrière-salle. Il ne fallait surtout pas évoquer la blessure d'amour-propre, mais éveiller sa suspicion sur le groupe, et lorsqu'elle distribua leurs verres aux hommes qui attendaient, les paquets de viande rouge déjà fumant sur la table, Pasquale vint poser sa masse de chair et d'os, sa force de dissuasion devant les types. Il croisa ses bras tatoués, enchevêtrement de muscles gonflés sur sa poitrine bombée, et s'adressa à eux tandis qu'elle les servait :

— Ça va, les gars ?

Longue Figure le regarda finement, avec un air mielleux, enjôleur.

— Et pourquoi tu nous demandes ça, Pasquale ?

La nature de Longue Figure était celle d'une créature qui cherche le vice, voit l'intention maligne derrière chaque question ou croit reconnaître chez tout interlocuteur la somme de perversité dont il est lui-même porteur. Il abordait le monde d'un œil plissé, un coin de sa lèvre supérieure relevé en une ride d'expression de dérision qui traduisait sa méfiance des hommes, son rejet de la société, sa certitude que la vie ne l'avait pas traité comme il le méritait et que, de toute manière, elle ne le traiterait pas très longtemps, car il ne se voyait pas mourir de vieillesse dans son lit.

Pasquale :

— Pour rien. Savoir si tout est OK.

Longue Figure, pas dupe :

— C'est miss Peau de Crapaud qui est venue pleurnicher auprès de toi ?

Pasquale, débonnaire, mais souverain régulateur de l'ambiance de la salle :

— Fais pas chier, Longue Figure. T'es un homme. Les vrais hommes ne s'en prennent pas aux femmes laides.

Tout était dit. En quelques secondes et une phrase, Pasquale, aussi intuitif que Longue Figure était pervers, avait désamorcé l'affaire. Il avait touché la seule corde sensible des durs du West Beaver Camp, car même si Longue Figure avait été prêt à prolonger et à raffiner sa persécution verbale de la jeune femme, il avait un public à lui tout acquis, certes, mais il savait que ce public l'aurait jugé comme Pasquale et aurait pensé que les « vrais hommes » ne s'abaissent pas à pareille lâcheté. En tout cas, pas longtemps.

Dans le vacarme du Lone Cone Cafe qui continuait de couvrir ce dialogue, et le rendre inaudible sauf pour les occupants de la banquette, la jeune femme était restée debout derrière le videur, en retrait, à demi masquée par la stature de Pasquale. Longue Figure, assis, pencha son corps pour dépasser le bassin de Pasquale et s'adressa à la jeune femme :

— Dis-nous seulement comment tu t'appelles, et après on te foutra la paix, Face de Merde.

Elle répondit :

— Je m'appelle Karen.

Puis elle tourna les talons et lorsque Pasquale la rejoignit en cuisine, il lui dit :

— J'ai compris. Je te change de zone. Tu prends les compartiments partie gauche, près de l'entrée.

Elle acquiesça mais elle crut entendre, du fond de cette même banquette auprès de laquelle elle ne viendrait plus, un éclat de rire collectif tonitruant et les sons distinctifs qui prolongeaient cet éclat. Elle courba le dos car, encore une fois, son instinct lui indiquait qu'après l'injure finale (*Shit Face,* ça non plus elle ne l'avait jamais pris en plein visage), quelqu'un avait sans doute, en son absence, proposé une conclusion à l'épreuve qu'elle venait de subir.

Elle ne s'était pas trompée.

Lorsque la jeune femme au visage grêlé s'était éloignée de la banquette après avoir livré son prénom aux six campers, l'un d'entre eux avait dit :

— Karen, ça sonne comme corn. Corn, comme dans pop-corn.

Et le groupe de s'esclaffer. La prononciation de Karen et de corn pouvait susciter un effet sonore comique — « Karen Corn » —, d'autant mieux que l'évocation du grain de maïs soufflé, craquelé, éclaté, dont on fait les pop-corns de l'entracte, pouvait correspondre à la texture du visage de la jeune femme. L'auteur de cette dernière saillie était un jeune homme dont la barbe poussait moins vite et moins dru que celle de ses compagnons, dont l'allure, les manières, le parler étaient ceux d'un étranger.

37

On ne choisit pas ses remords

J'ai été ce jeune homme.

J'ai été ce jeune homme qui avait la faiblesse de vouloir être fort, croyait que la force se confond avec l'arrogance, voulait chasser la tendresse qui l'avait protégé pendant son enfance, afin de s'endurcir et, ce faisant, se comportait de façon contraire à la morale et à l'éthique que lui avaient enseignées ses parents. Je ne l'ai pas été longtemps. Je l'ai été de façon sporadique. Mais je l'ai été.

Le « Karen Corn » que j'ai lancé ce soir-là avec une telle inventivité m'a valu pour quelques instants les félicitations et l'agrément d'un groupe auquel j'essayais d'appartenir, d'hommes auxquels je voulais ressembler. Ils n'avaient pas trouvé ça tout seuls, mes compagnons de beuverie, et ils m'en furent reconnaissants, l'espace d'une soirée, et je fus gratifié de cette reconnaissance, l'espace de quelques jours. L'euphorie de la jeunesse empêche de voir la douleur des humbles, l'ivresse de l'alcool atténue l'indulgence, à quoi vient s'ajouter l'ivresse de la vanité de paraître, qui efface toute mesure.

Ce jeune homme si désireux d'être accepté, admis, initié dans le cercle de ceux qu'il prenait pour de vrais hommes, a commis à cet âge, à l'égard d'une jeune femme inconnue, un triple forfait. D'abord, à aucun instant, il ne m'est venu à l'esprit de la défendre, de prendre l'initiative de poser ma main sur le poignet de Longue Figure en lui disant :

— Ça va comme ça, Slim.

Ensuite, j'ai apporté, à leurs rires gras, à leurs regards amusés et méprisants, le concours de mon silence approbateur.

Enfin, dans mon souhait de surenchérir et de me faire valoir, j'ai versé ma petite goutte personnelle de poison, contribuant à faire d'une inconnue la risée d'une table d'imbéciles. J'ai laissé parler mes bas instincts. Le mal existe, il est contagieux. Il dort en chacun d'entre nous, il suffit d'un rien pour que la chose se réveille.

« Karen Corn », ça sonne bien. « Karen Corn » ou « Karen la Coréenne », ça sonne pareil.

Ça sonne tellement bien et pareil que maintenant, dans la belle forêt, face à la réalité du pays bleu, la mémoire a fini d'ouvrir ses portes et l'écluse de laisser déferler son eau, et je ne peux m'empêcher de croire ou d'avancer la théorie qu'il existe un lien entre cette «Karen Corn» et «Karen la Coréenne», et que celle-ci soit venue dans une salle de réanimation d'un hôpital, quatre décennies plus tard, me faire rembourser le triple forfait. Tous les soirs à Cochin, en réa, pendant la maladie, à l'heure où l'angoisse était au rendez-vous, Karen la Coréenne, l'infirmière qui n'a jamais existé, surgissait des profondeurs d'une mémoire secouée par la peur de mourir. Et pendant qu'une vraie infirmière s'occupait de moi, me surveillait, me soignait, s'assurait du bon fonctionnement de la machine à ventiler, un fantôme d'infirmière venait évoquer un fantôme de jeunesse.

Bien sûr, il ne s'est agi, dans une vie d'homme, que d'une anecdote, oblitérée, rayée et rangée au stock du premier type de mémoire répertorié par le professeur Markowitsch, la mémoire dite « épisodique », « autobiographique ». Bien sûr, dans cette vie d'homme, de nombreux événements, de nombreuses raisons d'éprouver la conscience de sa faiblesse, le poids de ses erreurs, la force des blessures qu'il a infligées submergent la petite anecdote en question. Et si celle-ci s'est transformée sur un lit d'hôpital en fantasme et si, à l'occasion d'une émotion forte — les retrouvailles d'un décor inchangé —, elle est revenue à la surface, c'est qu'elle avait marqué ma conscience, à cette période de la jeunesse où se forment toutes choses. Et puis, il n'y a pas de hiérarchie à l'échelle de la mauvaise conscience. On ne choisit pas ses remords.

Admettons donc ceci : les deux Karen sont la seule et même personne — elles ont représenté l'acte d'accusation d'un moment au cours duquel j'ai ignoré l'un des quatre vœux bouddhiques dont parlait si bien Marguerite Yourcenar : « Lutter contre ses mauvais penchants. » Et « si nombreuses que soient les créatures errantes dans l'étendue des trois mondes, c'est-à-dire dans l'univers, travailler à les sauver ».

38

Pourquoi l'oiseau vint frapper à la vitre

Je me souviens que cet été-là, la saison des pluies démarra très tôt et en abondance. Nous vécûmes dans la pluie.

Ce fut le tournant de mon séjour au camp, puisque, ensuite, je quittai le travail de l'insecticide pour devenir éclaireur et m'élever en grade et en expérience. Les quelques hommes que j'avais côtoyés au début, et que, dans ma juvénile ardeur naïve, j'avais voulu imiter, avaient quitté le camp ou bien étaient assignés à d'autres tâches. Surtout, je tombai sous une autre influence, bénéfique, celle de Mack, le contremaître, qui se mit à m'initier aux beautés de la forêt. Une épaisse couche de honte a recouvert le visage de la jeune femme au visage grêlé. Elle n'est plus apparue, ni dans mes écrits ni dans ma mémoire.

Lorsque, plus tard, j'ai rédigé un roman qui racontait cet été dans l'Ouest, j'étais devenu

imbattable sur le Colorado. J'avais à ma disposi-
tion toutes sortes de catalogues, dictionnaires,
guides et cartes, et je les fouillais pour retrouver,
parmi les deux cent cinquante types de papillons, ceux que j'avais vus cet été-là, parmi les
quatre cent quarante et une espèces d'oiseaux,
ceux dont j'avais entendu le chant et, parmi les
sept cents types de fleurs, celles que j'avais aper-
çues sur le sol de la forêt et de la montagne. Et
ils étaient revenus devant mes yeux, sous ma
plume. Mais de Karen, point. Pourquoi ?

Sans doute attendait-elle une occasion plus
essentielle pour apparaître. Sans doute attendait-elle que je me retrouve à l'heure où l'on fait
les comptes. Tirant sur le tube qui reliait mes
poumons à la machine, elle venait me dire tous
les soirs : « Tu ne croyais tout de même pas que
tu allais t'en tirer comme ça, sans payer ! »

Et voilà pourquoi aussi, peut-être, un oiseau
gris-marron était venu frapper un jour contre
ma vitre. Pour m'inviter à ce rendez-vous. Je ne
connaissais pas le sens du message de l'oiseau.
Il avait piqueté de son petit bec insistant sur le
carreau et il était venu me montrer le joli duvet
beige et blanc de son ventre et après trois tours,
il était reparti. Comme Karen.

Au soir du troisième samedi, en effet, Karen
avait quitté le Lone Cone Cafe. Nous ne devions
plus revoir la serveuse.

39

« *C'est un pays libre* »

Elle vint trouver le père Cassidy le lundi matin. C'était repos, après les nuits de « rotation » de samedi et du dimanche. Elle voulait lui signifier son départ.

— Pourquoi tu me fais ça ? fut la première phrase prononcée par le tenancier.

Les hommes étaient tous semblables. Il ne lui avait pas posé une question sur les raisons de sa décision. Il lui avait seulement parlé de lui-même :

— Pourquoi tu me fais ça ?

Les gens ne parlent et ne pensent qu'à eux, eux d'abord. Ils voient tout événement à leur aune. On leur dit « je », ils répondent « moi ».

Cassidy semblait surpris et irrité. Tout marchait pourtant de manière épatante, personne ne se plaignait de l'organisation. De Mrs Cassidy à la noire Mabel, du formidable et rassurant Pasquale à l'efficace Karen, tout le monde avait joué son rôle dans la merveilleuse petite machine à faire des dollars que le bonhomme avait mise au point. Et voilà qu'un grain de sable venait gripper l'ensemble du dispositif. Cassidy ne comprenait pas :

— Tu n'es pas bien logée ? Mabel t'empêche de dormir ? La chambre est trop étroite ?

— Non, répondait Karen, rien de tout cela.

Elle avait l'air déterminé. Cassidy fut gagné par la peur de la perdre et, la peur engendrant la peur, il voulut l'intimider.

— Si tu me fais ça, dit-il, je te ferai une sale réputation auprès de ton patron à Placerville. T'auras du mal à retrouver le boulot qui t'attend à la fin de l'été.

Elle sourit.

— Ce n'est pas grave, dit-elle.

Cette réplique le troubla un peu plus. Quand les gens vous répondent « ce n'est pas grave », qu'est-ce qu'il vous reste comme arme ? Il gratta son crâne avec l'ongle du pouce de sa main velue, signe, chez lui, d'une grande perplexité. Ce qu'il croyait être son intelligence de commerçant butait sur la médiocrité de son cœur, l'étroitesse de sa psychologie. Il excellait dans la préparation, la prévision, l'organisation, la répartition des rôles, mais cet esprit d'entrepreneur trouvait sa limite dans l'étude des sentiments. Il n'avait pas le temps, c'est trop compliqué, et surtout en ce qui concerne les femmes.

— Monsieur Cassidy, dit-elle en interrompant la méditation du bonhomme, je voudrais ma paye ce matin, maintenant, je souhaite partir le plus tôt possible.

Cassidy fit un effort de réflexion. La veille, lorsqu'il avait vérifié les additions et procédé à un court bilan avec Pasquale, celui-ci avait mentionné les dégâts, les chaises cassées, les verres brisés, les clients qu'il avait fallu vider, les bagarres qui s'étaient déroulées dehors et qu'il avait fallu interrompre. Les citoyens de Norwood commençaient à trouver que le Lone Cone Cafe dérangeait trop la paix de la petite ville et Cassidy surveillait aussi cet aspect de l'entreprise. Pasquale avait mentionné d'autres broutilles et Cassidy se souvint de l'une d'entre elles. Il se redressa.

— Attends une minute, Karen, dit-il. Ne me dis tout de même pas que c'est à cause de ces types qui se sont gentiment moqués de toi !

Elle le regarda dans la lumière sombre et rouge du Lone Cone Cafe vide, et elle pensa qu'elle aurait pu le haïr, si elle n'avait pas déjà fait son choix.

— Je veux mon argent, maintenant, monsieur Cassidy.

Il s'agita. Il s'énerva.

— Mais tu n'as pas compris que dans notre métier le client est roi ? Tu le connais pourtant ce métier, putain de Jésus-Christ, tu l'as assez pratiqué, je crois. Le client, tu le connais, c'est lui qui dicte la loi, pas toi !

Mais il voyait bien que la situation lui avait échappé et qu'il ne pourrait retenir la fille. Il ouvrit son livre de comptes en bougonnant.

— Je vais te calculer ce qu'on te doit, OK. Ça va. Tu n'as pas le droit de me faire ça, mais je vais te régler.

Elle l'interrompit :

— J'ai le droit, dit-elle. J'ai tous les droits. C'est un pays libre.

« *It's a free country* » est une expression fréquemment employée dans la langue américaine. À toute occasion, chaque fois qu'un argument atteint sa limite et qu'un interlocuteur décide d'afficher que, quelle que soit la validité de ce qu'on lui oppose, il « fera ce qu'il voudra » — comme on dit dans notre propre langue. Mais la formule contient une signification plus profonde. Elle exprime ce qui est enraciné dans l'esprit de l'individualisme américain : chacun possède sa chance ; toute période de la vie doit être vécue en tant que telle ; il y a toujours une possibilité de changement. La phrase, si elle fait partie du tronc commun de toute la nation, prend d'autant plus de force chez les gens de l'Ouest. Sur les routes, les longs rubans qui sillonnent le chaparral, dans les arpents d'herbage et de pâturage des vallées richement nourries par la fonte des neiges, dans les colonies d'aspens dont la feuille pâle et blanche semble incarner le caprice de la jeunesse face à la sombre rectitude des forêts de conifères, sur les pics déchiquetés, c'est un pays libre : « *It's a free country* » s'impose comme le refrain de la chanson qui vit en toutes celles et tous ceux qui ont goûté à ce que l'on appelle les grands espaces.

Libre. Elle se sentait libre. Elle avait été libérée par l'incident. Elle avait pris sa décision sur-le-champ, à l'instant où Pasquale, masse protectrice, l'avait éloignée de la banquette, après la dernière insulte.

— Je ne suis pas faite pour cela, avait-elle pensé.

Toutes les années de servitude, toutes les journées de prudence, de discrétion, d'effacement devant les autres, de soumission à la dictature de son enveloppe physique, d'accumulation d'amertume et de dépréciation de soi, ce qui avait insensiblement modifié la courbure de son dos et fait de sa silhouette celle d'une victime de la vie, tout ce manque de tendresse, tout avait été balayé par cette étincelle d'une révolte de sa volonté, la prise de conscience de sa dignité. Balzac a écrit : «La résignation est un suicide quotidien.» Karen avait dit adieu à la résignation. Elle découvrait l'indépendance. Elle ne se voyait plus dans le regard des autres. Elle avait tué sa laideur.

Elle quitta Norwood, rejoignit Placerville où elle dit à sa mère que cela aussi, c'était fini, cet attachement qui l'avait paralysée, pour s'occuper d'elle, la consoler, l'entendre geindre tous les soirs dans le trailer et blâmer le passé. Elle allait abandonner le trailer, la ville, le métier. Elle ne servirait plus jamais les hommes et les femmes. Elle trouverait bien d'autres choses à faire, ici, ou à Grand Junction, ou Montrose, ou Durango, ou Gunnison, ou même, pourquoi pas, beaucoup plus loin que le Sud-Ouest, pourquoi pas la capitale, Denver ?

Les emplois étaient nombreux dans ce pays, variés. C'était un pays où l'on pouvait toujours obtenir du travail pourvu qu'on se présente devant les autres, sûre de soi, disponible, sans complexe, ouverte au monde, ayant assumé ses limites, tout en étant convaincue que toutes les limites peuvent être repoussées, toutes les chaînes peuvent être brisées.

C'était un pays libre

ÉPILOGUE

40

Savoir garder sa curiosité

La dernière nuit avant notre départ de Ouray County, nos hôtes ont organisé un *cookout* sur une vaste clairière au pied de la Last Dollar Mountain, à trois mille mètres d'altitude.

C'est une tradition au ranch. Les jeeps et les pick-up, escaladant les pistes à bœufs, les ravins à élans ou les sentiers de troupeaux, transportent nourriture, couvertures, chaises pliantes, tables et couverts, bûches de bois en abondance, boissons. Pendant que les ranch hands installent les accessoires dans un cercle autour du grand feu qu'ils construisent avec science, et que les cuisinières s'affairent autour des marmites, grilles géantes de barbecue, récipients d'eau, café ou bière, les invités et les amis partent depuis le corral du ranch, en caravane, à cheval.

Il faut plus d'une heure pour parvenir à l'emplacement choisi pour le cookout et l'itinéraire emprunté permet d'embrasser la richesse et la splendeur, d'appréhender la multitude de couleurs, arbres, insectes, fleurs, oiseaux, mammifères de toutes espèces du pays. C'est une synthèse de ce que je viens de vivre.

Avec dans le fond, toujours permanents, les chants des ruisseaux, cascades, sources et torrents, qui se marient aux variations du vent, lequel s'assourdit quand on s'enfonce dans un bout de canyon et reprend sa voix lorsqu'on débouche sur une prairie de montagne. Avec le rythme des sabots des montures, le souffle des naseaux des chevaux, la rocaille qui s'effrite sous le poids des bêtes, la mousse qui respire et soupire comme une éponge. Partant des branches de pin, des pies à queue blanche, des gros-becs ronds et roses aux ailes tigrées, des solitaires de Townsend gris vous survolent, vous croisent, vous abandonnent.

De grands et noirs corbeaux surveillent les lisières et les fourrés, volant à distance mais de concert avec un prédateur gris et noir, le goshawk, qui aime se repaître de lièvres et de cailles. Une famille de cerfs-mules ainsi appelés pour leurs grosses oreilles d'âne, dévale une dépression de terrain jaune, du sarrasin sauvage, suivie en quelques secondes par mes amis les élans-taureaux, les wapitis, plus lourds que les cerfs, et qui cependant galopent presque en silence. Le sol semble s'être adouci sous leur masse furieuse. Ils conduisent une soixantaine de femelles, ils sont les plus polygames de cette race de cervidés, et la fin d'août étant l'apogée de la saison du rut, on peut deviner, dans la déferlante des mâles, l'agressivité qui se transmet à coups de bois, à coups de poitrails qui se frottent et se frôlent en pleine course, l'explosion de la sexualité. Nous avons aussi brièvement aperçu les rosaces blanches des croupes d'un regroupement d'antilopes qui fuyait vers un lac saphir.

Bientôt, nous découvrons les aspens qui, en l'espace de quelques jours, ont bouleversé leur couleur. Tous ou presque sont passés au rouge, à l'or, au safran, à la rouille, à la brique, et l'on dirait que des rubans géants, des oriflammes flamboyantes ont été disposées à perte de vue, ce qui fait ressortir de manière encore plus dense et crue l'éternel bleu-vert des spruces et des douglas. Nos chevaux longent les rangées d'aspens et nous pouvons remarquer les traces de griffes d'ours sur la robe soyeuse de leurs troncs, tandis que le murmure de leurs feuilles vient s'ajouter au vent, aux torrents, aux sabots, quatre musiques maintenant, quatre rythmes, quatre enchantements. Et je découvre que les quakies ne pleurent pas ce soir, j'aurais plutôt tendance à les entendre comme un perpétuel applaudissement, comme s'ils s'amusaient, comme s'ils riaient. Les aspens nous disent-ils leur bonheur d'être devenus les premiers acteurs du spectacle, grâce à l'avalanche des couleurs d'automne ?

Le soleil se couche. Le ciel est lacéré, zébré, peinturluré par l'événement du crépuscule. On dirait qu'il se fabrique du pourpre à profusion. Des teintes mauves, des traînées de bleu qui virent au noir, un bleu aussi tendre que celui du col des gentianes qui ont tapissé le sol que nous avons foulé, suivies des anémones, des asters, des clématites. Il y a une invasion de rouge, d'orange, de rose et de carmin, jamais le pays bleu n'a été aussi multicolore. Là-haut, sur un espace plus dénudé, herbe à vache, herbe à chèvre de montagne, sur le site du Last Dollar, nous apercevons les feux déjà allumés du cookout, les véhicules, les chaises pliantes disposées en cercle, et c'est presque à regret que nous les rejoignons, en franchissant une ultime creek dans laquelle les chevaux s'arrêtent pour boire tandis que Rugby, le chien des propriétaires, accourt vers nous et se roule dans l'eau vive du torrent, comme gagné par la même ivresse des sens qui, à mesure que la caravane avançait vers le rendez-vous, s'est emparée de tous les cavaliers. La tête tourne quand on met pied à terre. Tout vit, tout agit, tout correspond.

Ça sent bon le bois qui brûle, les saucisses qui grillent, il fait froid mais sec. L'herbe reçoit parfois des braises qui volettent en étincelles et font une odeur de foin cramé. La nuit a conquis le ciel, l'a dévoré, puis l'a mitraillé d'étoiles. Les gens chantent, se rapprochent les uns des autres autour du feu, rient, se racontent leur vie. Il y a des invités venus de Telluride, ancienne ville minière devenue station de festivals et de tourisme, située de l'autre côté du mont Sneffels, au pied duquel nous sommes réunis. L'un d'entre eux pose la question :

— Si l'on vous enlevait tout ce que vous possédez, si vous aviez le droit de ne garder qu'une seule chose, que garderiez-vous ?

Les réponses arrivent, dispersées : « Ma femme. » « Mes enfants. » « Ma maison. » « Mon métier. » Quelqu'un dit :

— Je voudrais garder ma curiosité.

La nuit s'empare de tout et de chacun, le seul crépitement du feu, maintenant, remplit le silence de la montagne et des forêts, laissant la nature continuer ses mystérieux et perpétuels enfantements.

41

Une voix dans la montagne

Nous avons dit au revoir aux permanents du ranch, aux métayers, Larry et sa femme Karen, au cow-boy Terry, l'homme laconique qui m'avait réappris à monter sur un cheval et à lui parler : « Oooh, oooooh » sans lui transmettre ma peur, à Gregg, un autre cow-boy, courtois et attentionné, et aux filles de la cuisine, rieuses, enjouées, franches et directes, Debbie, Leslie, Marquita — une autre Karen préposée aux maisons des invités, une brune aux yeux clairs.

Aux hommes, j'ai serré la main, ou bien je leur ai fait un *abraso* à la mexicaine. Aux femmes, des baisers sur les joues. À toutes les Karen, des baisers sur les joues.

Il y avait de la nostalgie dans l'air, un peu de tristesse. On avait passé cinq jours pleins, heureux, dominés par un sentiment d'ébriété et de légèreté, de jeunesse, d'apaisement. On avait vu l'Ours, on avait frissonné dans la Vallée perdue de la famille Vance, on avait ressenti la gravité de l'absente âme indienne et la présence de cette absence. On avait approché les wapitis, respiré un air haut et ramassé, pur, qui avait asséché les lèvres et fait pleurer les yeux. On aurait aimé se coucher sur chaque espace de brousse, herbe, roche ou tapis de fleurs, que l'on avait découvert et l'embrasser, aussi, comme on embrasse les joues des femmes. On aurait voulu presser ce pays et cette terre contre son cœur. Et il y avait donc, aussi, beaucoup d'amour dans l'air, comme une tendresse collective, et cette tendresse n'allait plus nous quitter tout au long de la route qui menait vers Montrose et l'aéroport, et même bien au-delà.

Venue du haut des cimes rocheuses de la chaîne des San Juan Mountains que je voyais défiler par la vitre latérale, dévalant sûrement vers moi avec la douceur persistante que fait l'eau autour de la maison de rondins de bois, dans les claires rivières, murmurant avec l'insistante mélopée du vent qui balaye l'Uncompahgre bleue et les mesas, je croyais entendre la voix du fantôme avec lequel j'avais eu rendez-vous.

Le fantôme d'une jeune femme inconnue, une passante dans une vie, que j'avais effacée de ma mémoire et qui était venue me hanter quand je ne l'attendais pas.

Et la voix du fantôme répétait les quelques mots d'une leçon que, longtemps auparavant, la vie n'avait pas encore su m'apprendre : Tu n'humilieras pas les humbles.

Et la voix répétait : Tu n'humilieras point.

ÉPILOGUE

DU MÊME AUTEUR

Aux Éditions Gallimard

UN AMÉRICAIN PEU TRANQUILLE.

DES FEUX MAL ÉTEINTS, Folio n° 1162.

DES BATEAUX DANS LA NUIT, Folio n° 1645.

L'ÉTUDIANT ÉTRANGER (prix Interallié), Folio n° 1961.

UN ÉTÉ DANS L'OUEST (prix Gutenberg), Folio n° 2169.

LE PETIT GARÇON, Folio n° 2389.

QUINZE ANS, Folio n° 2677.

UN DÉBUT À PARIS, Folio n° 2812.

LA TRAVERSÉE, Folio n° 3046.

RENDEZ-VOUS AU COLORADO, Folio n° 3344.

MANUELLA.

Aux Éditions Denoël

TOUS CÉLÈBRES.

Aux Éditions Jean-Claude Lattès

CE N'EST QU'UN DÉBUT (avec Michèle Manceaux).

COLLECTION FOLIO

3230. Molière	*Les Femmes savantes.*
3231. Molière	*Les Fourberies de Scapin.*
3232. Molière	*Le Médecin malgré lui.*
3233. Molière	*Le Bourgeois gentilhomme.*
3234. Molière	*L'Avare.*
3235. Homère	*Odyssée.*
3236. Racine	*Andromaque.*
3237. La Fontaine	*Fables choisies.*
3238. Perrault	*Contes.*
3239. Daudet	*Lettres de mon moulin.*
3240. Mérimée	*La Vénus d'Ille.*
3241. Maupassant	*Contes de la Bécasse.*
3242. Maupassant	*Le Horla.*
3243. Voltaire	*Candide ou l'Optimisme.*
3244. Voltaire	*Zadig ou la Destinée.*
3245. Flaubert	*Trois Contes.*
3246. Rostand	*Cyrano de Bergerac.*
3247. Maupassant	*La Main gauche.*
3248. Rimbaud	*Poésies.*
3249. Beaumarchais	*Le Mariage de Figaro.*
3250. Maupassant	*Pierre et Jean.*
3251. Maupassant	*Une vie.*
3252. Flaubert	*Bouvart et Pécuchet.*
3253. Jean-Philippe Arrou-Vignod	*L'Homme du cinquième jour.*
3254. Christian Bobin	*La femme à venir.*
3255. Michel Braudeau	*Pérou.*
3256. Joseph Conrad	*Un paria des îles.*
3257. Jerôme Garcin	*Pour Jean Prévost.*
3258. Naguib Mahfouz	*La quête.*
3259. Ian McEwan	*Sous les draps et autres nouvelles.*
3260. Philippe Meyer	*Paris la Grande.*
3261. Patrick Mosconi	*Le chant de la mort.*
3262. Dominique Noguez	*Amour noir.*
3263. Olivier Todd	*Albert Camus, une vie.*
3264. Marc Weitzmann	*Chaos.*
3265. Anonyme	*Aucassin et Nicolette.*
3266. Tchekhov	*La dame au petit chien et autres nouvelles.*
3267. Hector Bianciotti	*Le pas si lent de l'amour.*

Impression Bussière Camedan Imprimeries
à Saint-Amand (Cher),
le 7 février 2000.
Dépôt légal : février 2000.
Numéro d'imprimeur : 2553-994902/1.
ISBN 2-07-041177-X./Imprimé en France.